刘存发 著

寒梅自吐一枝花

唐云来题

词三百首

山西人民出版社

建筑师笔下的情怀

观堂先生《人间词话》有云：诗言志，有感而发。大凡流传百世不朽之诗作，多为得此三昧者。存发先生虽非以诗人名，但其用律动的才情所构筑出的人间广厦，以智者仁心所抒发出的人生情怀，不啻时代的歌者和记录者，让我们眼前为之一亮的同时，也收获了感动。

或许是同为诗词爱好者的缘故，近年来对他的成长和发展多了几分关注则是不争的事实。一者，入选2015年"中国好人榜"，其善行不仅感动了社会，而且也使我这个"诗联人"亦觉脸上有光；二来，作为建筑设计界之翘楚和专业著作等身的公司董事长，其名下的"万和堂"将传统文化与建筑艺术有机地融为一体，卓然大家手笔，令人震撼；三是，其对诗词的热爱和对新、旧体的稔熟程度，不遑让所谓诗人词家之笔墨。举凡《定风波》一词："风卷黄云荡荻花，孤鸿意倦落平沙。顾影自怜唯寂寞，谁错？从今分手各天涯。不问洞庭归路远，前面，一山红叶半坡霞。飞过溪流翻过岭，时景，未知何处好安家。"起承转合之练达，遣词造句之老辣，完全不似建筑设计师所熟悉的情景构筑，而分明是一位智者历经沧桑之后的真实体悟和率性表达。其中，尤以"一山红叶半坡霞"最为精彩老到，令人读之唇齿留香。

欣逢盛世，予有幸在诗坛联界有所感悟，并有机会在业界倡导诗联一家、联墨双修。大抵因此，本人承蒙野草诗社抬爱，忝列理事长一职，并得与社友存发先生结识。后经天津同道介绍，始知其创业不忘守业，追远不忘初心，多年来以一个企业家的良知和慈善家的义举，在为社会做出奉献的同时，也成就了自己的精彩人生。因之，我们读他的诗词鲜有无病呻吟之秀技乖巧，而是从际遇中感悟人生，从真情中感知人性的本真，从意境中体味襟怀，从喜怒哀乐中得到精神的慰藉。诚所谓：观其人如见其诗，而于本人来讲毋宁说是观其诗如见其人。

是为序。

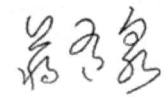

己亥新春于京华

目录

011	一剪梅·华厦万和堂	031	好事近·咏萤火虫
012	一剪梅·华厦红砖坊	032	人月圆·元宵节
012	一剪梅·华厦科技园	032	人月圆·除夕
013	清平乐·华厦红砖楼	033	人月圆·元宵夜
013	清平乐·咏竹	033	人月圆·大年初五同学聚会
014	清平乐·咏蔷薇花	035	采桑子·寻梅
014	清平乐·咏蜂	036	采桑子·初夏
015	清平乐·静海模范中学红砖学校	036	采桑子·静海六中红砖报告厅
015	清平乐·秋思	037	采桑子·老家农院
017	清平乐·春去	037	采桑子·新秋
018	清平乐·静海六中红砖报告厅	039	采桑子·早春
018	清平乐·童年植树	041	采桑子·牡丹
019	清平乐·童年放风筝	042	采桑子·蟋蟀
021	满江红·暮秋	043	钗头凤·闺怨
022	满江红·端午	043	钗头凤·静海六中红砖报告厅
023	满江红·枯荷	044	钗头凤·闺情
023	满江红·咏螳螂	044	钗头凤·怨妇
025	满江红·咏竹	045	钗头凤·节妇
027	永遇乐·静海模范中学红砖学校	045	钗头凤·童年摘西瓜
028	永遇乐·重阳节	046	钗头凤·春暮
029	好事近·端午	046	钗头凤·秋暮
029	好事近·荷花	047	朝中措·盛夏
030	好事近·冬雪	047	朝中措·雨思
030	好事近·春归	049	朝中措·早春
031	好事近·咏竹	050	朝中措·残秋

050	朝中措·春柳	071	感恩多·云
051	朝中措·咏梨花	071	感恩多·咏凌霄
051	朝中措·咏菊	073	感恩多·春日
053	朝中措·夏日	074	感恩多·丙申正月初八家书
055	蝶恋花·盛夏		
056	蝶恋花·春归	074	感恩多·秋情
056	蝶恋花·初春	075	感恩多·盛夏
057	蝶恋花·秋暮	075	感恩多·咏蝴蝶
057	蝶恋花·闺情	075	感恩多·荷塘夏日
058	蝶恋花·闺怨	076	卜算子·童年捉蝈蝈
058	蝶恋花·夏晚	076	卜算子·端午
059	蝶恋花·秋暮	077	卜算子·盛夏
059	蝶恋花·夜雨	077	卜算子·童年养小鸟
060	蝶恋花·春暮	078	卜算子·芦荻
061	定风波·秋暮	078	卜算子·秋夜
061	定风波·春归	079	卜算子·童年扑蝶
063	定风波·夏日	079	卜算子·蝉
064	定风波·端午	081	卜算子·梅花
064	定风波·华厦红砖坊	082	卜算子·夜雨怀人
065	定风波·华厦红砖楼	083	后庭花·咏竹
065	定风波·咏蜻蜓	083	后庭花·咏石榴花
067	定风波·咏竹	084	后庭花·春归
068	少年游·捉蛙	084	后庭花·春怨
068	少年游·秋感	085	后庭花·秋归
069	少年游·春思	085	后庭花·春归
069	少年游·割草	086	后庭花·夏日
070	少年游·万和堂	087	花非花·咏竹
070	少年游·冬晨运土	087	花非花·端午龙舟赛

087	花非花·秋思	099	江城子·静海模范学校
088	花非花·幽居	099	江城子·华厦万和堂
088	花非花·幽居	100	金缕曲·丁酉元宵节
089	花非花·春至	101	金缕曲·重阳感怀
089	花非花·杨花	102	金缕曲·纪念父亲大人九十诞辰
089	花非花·秋思		
090	减字木兰花·咏葵花	103	南歌子·童年弹弓打鸟
090	减字木兰花·端午	103	南歌子·童年割野菜
091	减字木兰花·华厦红砖坊	103	南歌子·童年捡地栗
091	减字木兰花·广海道小学红砖学校	103	南歌子·童年看电影
		105	南歌子·咏葵花
093	减字木兰花·咏桃花	106	珠帘卷·咏雪
094	减字木兰花·七夕	106	珠帘卷·华厦红砖坊
095	江城子·童年放羊	107	醉春风·春怨
095	江城子·童年拾柴	107	醉春风·冬雪
095	江城子·童年滑雪	108	挪舍烟·华厦万和堂
095	江城子·广海道小学红砖学校	108	挪舍烟·冬雪
		109	挪舍烟·早春
096	江城子·童年掏喜鹊	111	挪梢青·平凡
096	江城子·童年田边捉鸟	113	挪梢青·舍得
096	江城子·童年游泳	115	挪梢青·担当
097	江城子·华厦红砖坊	117	挪梢青·傻气
097	江城子·初夏	119	挪梢青·恒心
097	江城子·夏至	121	满庭芳·静海六中报告厅
098	江城子·游春		
098	江城子·童年割野菜	123	满庭芳·老家农院
098	江城子·秋色	124	满庭芳·暮秋
099	江城子·老家农院	125	念奴娇·元宵夜

125	念奴娇·春思	143	荷叶杯·惜春
126	忆江南·华厦红砖坊	143	荷叶杯·冬雪
126	忆江南·童年小花猫	144	荷叶杯·夏夜
127	忆江南·华厦科技园	144	荷叶杯·童年雪地网鸟
127	忆江南·童年捉迷藏	144	荷叶杯·童年拔萝卜
127	忆江南·华厦万和堂	145	如梦令·华厦红砖坊
128	忆江南·杨花	145	如梦令·华厦万和堂
128	忆江南·童年刨花生	145	如梦令·华厦红砖楼
129	沁园春·母亲大人八旬寿庆	146	如梦令·华厦科技园
130	沁园春·闻内子手术痊愈出院喜赋	146	如梦令·静海六中报告厅
131	玉楼春·遣怀	147	如梦令·老家农院
133	玉楼春·元宵夜	147	如梦令·夜雨
134	玉楼春·丙申除夕	147	如梦令·中秋月
135	浪淘沙·丙申重阳节	148	如梦令·童年种玉米
135	浪淘沙·丁酉元旦	148	如梦令·童年划船
137	浪淘沙·咏竹	148	如梦令·童年跳绳
138	浪淘沙·丙申中秋	149	如梦令·听蝉
138	浪淘沙·华厦红砖楼	149	如梦令·童年收棉花
139	青玉案·春暮	149	如梦令·童年照螃蟹
139	青玉案·中秋	150	如梦令·童年锄草
140	青玉案·咏雪	150	如梦令·童年割麦
141	虞美人·春归	150	如梦令·中秋夜
141	虞美人·遣怀	151	如梦令·童年赶集
142	虞美人·秋愁	151	如梦令·送春
142	虞美人·赠内	153	晴偏好·暮秋
143	荷叶杯·秋雁	155	晴偏好·戊戌除夕
		157	晴偏好·除夕

159	晴偏好·元宵夜	177	苏幕遮·广海道红砖学校
160	山花子·苦旅	178	鹊桥仙·七夕
160	山花子·秋愁	178	鹊桥仙·七夕
161	山花子·新春	179	鹊桥仙·七夕
161	山花子·初夏	179	鹊桥仙·七夕
162	山花子·残夏	180	天仙子·童年钓鱼
163	上西楼·华厦科技园	180	天仙子·秋愁
163	上西楼·静海模范中学	181	天仙子·送春
163	上西楼·送春	181	天仙子·丙申初八
164	上西楼·秋愁	181	天仙子·童年种麦
164	上西楼·初春	182	天仙子·童年玩泥巴
165	上西楼·丁酉元旦	182	天仙子·童年玩火柴枪
165	上西楼·杏花	183	乌夜啼·观雨
167	风光好·团泊秋	183	乌夜啼·春归
169	风光好·早春	184	乌夜啼·对酒
171	风光好·秋色	185	西江月·秋思
172	风光好·静海模范红砖学校	185	西江月·华厦红砖楼
172	风光好·老家农院	186	西江月·华厦万和堂
173	风光好·初夏	186	西江月·秋雨
174	忆余杭·秋愁	187	西江月·中秋节
174	忆余杭·春思	187	西江月·元宵节
175	南乡子·童年淘鱼	189	十六字令·难
175	南乡子·童年捕蝉	191	十六字令·天
176	苏幕遮·为存生大姐六十寿诞作	193	菩萨蛮·广海道小学红砖学校
176	苏幕遮·华厦万和堂	194	菩萨蛮·春暮
177	苏幕遮·华厦红砖坊	194	菩萨蛮·初秋

195	菩萨蛮·咏葵花	209	秋风清·童年收甘薯
195	菩萨蛮·咏蚂蚁	210	秋风清·童年挖苦菊
197	菩萨蛮·春归	210	秋风清·童年捡麦穗
198	菩萨蛮·静海六中红砖报告厅	211	秋风清·咏葵花
199	忆秦娥（平韵）·华厦科技园	211	秋风清·残秋
199	忆秦娥（平韵）·华厦红砖坊	212	临江仙·咏蜘蛛
200	忆秦娥·和陈秀丽词意韵	212	临江仙·秋暮
200	忆秦娥·元宵夜	213	临江仙·咏海棠花
201	忆少年·静海模范红砖学校	213	临江仙·春归
201	忆少年·春回	214	临江仙·冬雪
202	忆少年·秋归	215	水调歌头·华厦万和堂
203	忆王孙·童年弹弓手	217	水调歌头·华厦红砖楼
203	忆王孙·童年打谷场	219	水调歌头·华厦红砖坊
203	忆王孙·童年采榆钱	220	水调歌头·中秋节
204	忆王孙·童年砍白菜	221	后记
204	忆王孙·秋韵		
205	渔歌子·元宵夜		
205	渔歌子·戏老		
205	渔歌子·新年		
207	渔歌子·冬雪		
208	渔歌子·童年学种棉花		
208	渔歌子·冬雪		
209	秋风清·童年捡红豆		
209	秋风清·垂钓		

屋内和和屋外和左看圆和右
顾方和心头暖意合生和门顶
镌和两侧雕和真草和和篆隶
和满壁联和龛内藏和屏风几
案总谐和总外晴和座上人和

刘存发调寄一剪梅 虞万和堂一首 戊戌冬至 唐云来书

一剪梅·华厦万和堂

屋内和和屋外和。左看圆和,右顾方和。心头暖意合生和,门顶镌和,两侧雕和。

真草和和篆隶和。满壁联和,龛内藏和。屏风几案总谐和,窗外晴和,座上人和。

一剪梅·华厦红砖坊

巧用红砖妙筑墙。花掩围墙,水印彤墙。
飞檐立柱隔雕墙,绣户连墙,瑞霭飞墙。
透过横墙望纵墙。减却东墙,更砌西墙。
北墙朝日映南墙,拆断萧墙,再造新墙。

一剪梅·华厦科技园

四海商机大道连。东抵津沽,西近雄安。
漕河百里举风帆,北拱京畿,南仰泰山。
玉砌楼台碧水间。春舞垂杨,夏映红莲。
四时花木总欣然,秋采黄英,冬伴松芊。

清平乐·华厦红砖楼

别开生面,梦里何曾见?举目厦园红一片,枫叶春花同璨。

塔楼傲指蓝天,檐飞迤逦云端。北望津城广厦,南观团泊疏船。

清平乐·咏竹

虚心瘦骨,几段婆娑节。雪压霜欺抽细叶,雨洗风削更洁。

天生俊逸纤柔,自然疏密无忧。怜惜长竿玉立,只求厮守清幽。

清平乐·咏蔷薇花

攀篱绕架,葳蕤春连夏。一抹碎霞如雨泻,招引蝶蜂入画。

艳如月季风神,裙飞玉蕊香魂。纤刺难于盈手,蕾苞饱孕纯真。

清平乐·咏蜂

毛茸可爱,腰束金丝带。小翅翻飞花影外,妙曲轻歌天籁。

不辞辛苦奔忙,只为采蜜收香。笑对别离生死,甘心奉献担当。

清平乐·静海模范中学红砖学校

此情此景,绮梦迷方醒。凤阙波光鳞次影,更有祥云绕顶。

金镶玉砌砖魂,钟楼统领楼群。洗尽繁华铅粉,长留本色纯真。

清平乐·秋思

秋来悄悄,又被乡愁恼。遥念凉风吹晚稻,目断连天芳草。

故园何日能归,芦滩落雁休飞。同是天涯沦落,此间共对斜晖。

寒梅目以一枝花

惊鸿燕舞都付春情去尽
香飞红随乱絮一庚凄恻飘雨
春风来去匆忙心游也老天荒
促去穷乡随云也闲行语花香

刘有荣先生清平乐去岁词句己亥
岁次己亥新正 张建会 书于津门

清平乐·春去

莺歌燕舞,都伴春归去。剩有飞红随乱絮,一夜凄然飘雨。

春风来去匆忙,心游地老天荒。纵在穷乡陋室,也闻鸟语花香。

清平乐·静海六中红砖报告厅

新楼古意,尽显雄浑气。玛瑙琢成红壁垒,巧手天一缝细。

华灯九顶擎天,祥光普照堂前。播洒文风慧种,明灯薪火相传。

清平乐·童年植树

风驰尘舞,齐种荒滩树。老少挥锹争捣杵,担水挖坑掘土。

根苗著意深埋,纵横点线成排。只待晴光细雨,新枝嫩叶萌来。

清平乐·童年放风筝

东风拂面,大地春回暖。竞举风筝花色璨,要放童心飞远。

随风漫舞蹁跹,云中自在悠闲。稚子一绳在手,情牵万里蓝天。

独立楼头凭栏望乱云飞渡，曾恋霭菊枯荷，芸芸萧瑟，枫树枝头飘零浪摧桐叶上，滴清泪语，一行雁翘首展双翅而飞去，身半老心已暮情未了，缘难叙，惜时光逝水有谁留住正气凛然浮尘怕胸怀坦荡可曾惧待冬来邀友火炉围清茶煮。

刘存茂词 满江暮秋 戊戌新春 陈启智书

满江红·暮秋

独立楼头,凭栏望、乱云飞渡。留恋处、菊枯荷老,苇风萧楚。枫树枝头翻赤浪,梧桐叶上滴清露。一行雁、翘首展双翎,南飞去。

身半老,心已暮。情未了,缘难叙。惜时光逝水,有谁留住。正气凛然浑不怕,胸怀坦荡何曾惧。待冬来、邀友火炉围,清茶煮。

满江红·端午

五月榴花,风吹绽、火翻红缎。投角黍、汨罗凭吊,叶包金灿。蒲酒杯深清气漫,蕙兰手佩幽香伴。叹艾草、千载不逢时,齐根剪。

楚云渺,湘江岸。人鼎沸,旗幡展。看龙舟竞渡,鼓鸣高唤。嘉树招风应不悔,娥眉遭妒真无怨。仰前贤、千里动波涛,冲霄汉。

满江红·枯荷

十里陂塘,西风紧、肃然愁煞。吹万物、暮秋难挡,任其凛冽。翠盖枯残含泪老,红衣销褪随波没。更凄清、蛙鼓早停休,箫声歇。

经霪雨,摇碧叶。香气远,招飞蝶。旧时姿色去,竟随风折。几蕊莲心留本色,一池泥沼埋芳骨。待来年、玉立展青裙,佳时节。

满江红·咏螳螂

冷眼横须,身淡绿、俗称斫父。青臂举、细腰长颈,貌如修女。饮露含风清自乐,窥篱隐竹闲生趣。趁清凉、惬意度晨昏,时光去。

图近利,无远虑。空有勇,心如虎。竟自谋征伐,笑传千古。欲取秋蝉浑不晓,后随黄雀何曾顾。空辜负、力爪锐弯刀,双斤斧。

寒梅自吐一枝花

尝记去时遭乱妒 深山道隐共荒凉 却来重
莫为摧残伤 暗香衣含怨气膝阴遍地
埋怨恨经乌头 恶压与欺清谁怜酒睡宁
折尽可爱 压不压倒还斩任风吹雨打露
渐霜揭苦不清风尘不染 自洁 云树阁
印雪骨护 河山气 壬子切

刘在声词《梅江红》
戊戌之冬 彭英科书

满江红·咏竹

曾记春时,遭兰妒,深山遁隐。空落得、细柔灵秀,世称英俊。乱叶冲天含怒气,浓阴匝地埋悲恨。经多少、委屈与欺凌,谁怜悯。

腰宁折,颅可尽。压不屈,刚还韧。任风吹雨打,露凝霜损。君子清风尘不染,良才洁雪柯留印。筠有节、瘦骨护冰心,擎千仞。

乔木成荫玉如锦佳景遍绿茵铺坪江围跑道欢歌表喜健琼楼玉宇祥光紫笔歌入云露连片仰钟楼悠扬振署气瑞影高远团居稀柘重轩圆桂没款飒横连贯广场湾风高台景展旭逸寄情意浪尋寻与宾地灵人杰蕉象又开新面称七古蕚叭学舍杏坛清殿

副启发词 永遇乐 咏静海模范红碛学校 浮舟 孙宝发书

永遇乐·静海模范中学红砖学校

乔木成荫,新花如锦,佳景芳遍。绿草铺坪,红围跑道,尽显青春健。琼楼玉宇,祥光紫气,融入霓霞连片。仰钟楼、悠扬振响,意随瑞彩高远。

回廊转折,重轩圆拱,波起纵横连贯。广场清风,高台晨旭,遥寄情无限。物华天宝,地灵人杰,旧貌更开新面。烁今古、簧门学舍,杏坛讲殿。

永遇乐·重阳节

重九辞青,雾遮津渡,云锁归路。纵有闲情,难留雁返,依旧衡阳去。西风萧瑟,残荷冷落,处处惹生愁绪。映红枫、晴光荐爽,正堪笑谈秋暮。

他乡异客,相思何苦?枉有狂言壮语。别恨无端,柔肠千结,唯向茱萸诉。梦中寻迹,醒时难续,枕上泪痕几许。夫已老、空怀远志,菊花辜负。

好事近·端午

数度扫庭堂,数载净门悬艾。蒲酒几经寒暑,举金盏同拜。

娇童肩臂绣钗符,神气且潇洒。乐见鼓喧旗展,欲登舟豪迈。

好事近·荷花

袅袅柳荫边,自揽水天空阔。几只小蜓飞舞,伴风摇浮叶。

长篙破浪采莲来,一时竟残缺。身陷污泥犹洁,问有谁心贴。

好事近·冬雪

粉蝶满天飞,放眼烂银铺路。一夜纵横千里,改山川无数。

乾坤此际净尘埃,唯见玉龙舞。欲觅腊梅风骨,伴暗香寒吐。

好事近·春归

云淡暖风吹,福到万家千户。古柳又萌新绿,有燕穿金缕。

一川红雨满园青,莺唱蝶双舞。最惜一年佳景,正落花飞去。

好事近·咏竹

避俗觅清幽,寂寞野山乡土。潇洒更兼柔性,任雪欺霜侮。

自怜身瘦少雄才,难做栋梁柱。相伴草庐茅舍,寄胸中情愫。

好事近·咏萤火虫

夏夜闪流金,星点乱飞生幻。还似夜珠明暗,探清宵深浅。

流萤齐聚小楼前,游灯举千盏。引得逸情怀古,欲悬囊书案。

人月圆·元宵节

东风渐展青枝柳,大地又春天。上元佳节,天高云淡,朗月清圆。

观灯猜谜,秧歌街舞,鼓乐齐喧。银花火树,龙腾狮跃,一夜狂欢。

人月圆·除夕

东风吹过春来早,除夕夜通明。华灯映雪,银花竞放,爆竹争鸣。

新春晚会,千门笑语,万户欢声。团圆饺子,合家喜气,共庆升平。

人月圆·元宵夜

春风吹绿街前柳,今夜去年同。银花竞放,星光数点,皓月当空。

龙衔火树,鸡腾翠羽,鼓乐隆咚。三更灯市,千门笑语,万巷情浓。

人月圆·大年初五同学聚会

故人常忆春风好,牛日贺新年。壮怀依旧,推杯换盏,笑语欢颜。

春秋几换,人生况味,羞对华筵。几人聚会,刘郎才气,子建诗篇。

寒梅自吐一枝花

天寒地凍芳菲盡大雪飛揚遍墅空流唯有紅梅照影雙自日宜寬經風雨不畏人霜獨守淒涼傲骨嬌等吐暗香

劉春叢先生詞 采桑子 梅
戊戌嘉平 鉌士英書於津門

采桑子·寻梅

天寒地冻芳菲尽,大雪飞扬,遍野空荒,唯有红梅照影双。

自甘寂寞经风雨,不畏冰霜,独守凄凉,傲骨娇花吐暗香。

采桑子·初夏

轻风轻雾荷心卷,翠柳垂情。芳草滋青,芦苇丛中野鸭鸣。

敞襟揽舵随波去,游荡前行。棹拨浮萍,惊起沙鸥陪一程。

采桑子·静海六中红砖报告厅

朱栏玉砌流霞漫,富丽雍容。上接苍穹,尽在祥云瑞霭中。

九灯高胃星河粲,妙趣无穷。鬼斧神工,继往开来民族风。

采桑子·老家农院

远离都市乡间住,此去从容。万点花红,自在莺啼柳浪中。

清荫夹径池塘满,不见耕农。两三顽童,芦苇滩头一钓翁。

采桑子·新秋

天高云淡秋风爽,果岭飘香。晚稻芬芳,十里河堤数绿杨。

炎催蛙鼓清波远,浅水鱼翔。深苇凫藏,曲岸顽童钓蟹忙。

风柔日暖春光好，湖水波澄田垄笛青，喜得天机万物生，陌头枯柳榭萌争，新绿煞只黄莺掷上，鸣莺有佳人树下听。

欧阳炯词一首 戊寅秋日 陈传武书

采桑子·早春

风柔日暖春光好,湖水波澄。田垄苗青,喜得天机万物生。

村头枯柳萌新绿,几只黄莺。树上争鸣,为有佳人树下听。

倾城国色春风驻,几朵娇黄。几片云裳,几簇娇红满院香。柔枝漾卧佳人赏,翩然舞罢晴光。绰约新妆,自有价姿压众芳。

录刘召贵先生词采桑子·咏牡丹,岁在戊戌小雪张鹤年

采桑子·牡丹

倾城国色春风驻,几朵姚黄,几片云裳,几簇妖红满院香。

柔枝漫戏佳人赏,燕舞晴光,蝶恋新妆,自有仙姿压众芳。

采桑子·蟋蟀

蓑衣束带金丝额,性烈情柔。齿利须修,霸气难消志未酬。

草根独唱期谁会?惹恨牵愁。韵续残秋,冷月凄风总不休。

钗头凤·闺怨

春将暮,君何处?泪流鸳枕愁云布。娥眉浅,鬓钗乱。托鱼求雁,锦书空见。断,断,断。

风中树,千枝舞。分飞劳燕心头苦。音容变,形神换。旧窠新伴,有言难辨。晚,晚,晚。

钗头凤·静海六中红砖报告厅

杏坛畔,流霞灿,列柱重檐圆拱券。汇中西,吐虹霓。凤翔鸾鸗,瑞彩迷离。奇,奇,奇。

千行线,红砖面,几重宫阙云间幻。立朱扉,对晨晖。曙光初照,远梦频催。飞,飞,飞。

钗头凤·闺情

春三月,君牵妾,折枝杨柳村头别。期重会,人无寐。镜鸾孤对,望穿秋水。醉,醉,醉。

芦飘雪,枫红叶,菊残香去篱边撇。如佳卉,人憔悴。雨催金桂,烛啼红泪。坠,坠,坠。

钗头凤·怨妇

牵双手,行三叩,几经离索辛酸久。罗裙摆,莲香眯。山盟犹在,只余情债。忾,忾,忾。

名虚有,羞于口,玉沉珠碎空房守。欢情外,何言爱?夜长难耐,泪淋衾盖。奈,奈,奈。

钗头凤·节妇

尊先德,贞坊立,替夫行孝如差役。虚名荫,谁怜悯。半生孤枕,一言难尽。闷,闷,闷。

黄泉客,阴阳隔,祈天拜月人何觅。灰燃烬,心肝殉。断肠幽恨,梦长还忍。愤,愤,愤。

钗头凤·童年摘西瓜

时在丙申,立秋咬瓜,忽忆儿时,瓜田旧景,茅庵夜守,梦系家园,乡愁无尽,回味尤甘。遂拈此调记趣。用唐婉格。

北边看,南坡转,满地西瓜珠玉灿。手中颠,指轻弹。翠枝连蔓,洒遍瓜田。圆,圆,圆。

西沟选,东丘拣,会心年景情无限。喜开颜,自尝先。细沙红艳,聚立冰盘。鲜,鲜,鲜。

钗头凤·春暮

田青翠,湖澄沛,满园春色怡人醉。蛙鸣鼓,蜂旋舞。燕归迟误,老巢更主。怒,怒,怒。

兰娇美,桃妖媚。惜春逝奔如流水。花凋去,人非故。一腔愁绪,与谁倾诉?苦,苦,苦。

钗头凤·秋暮

秋风烈,芦花雪,远林霜染金黄叶。蝉声唳,斜阳退。雁回湘楚,洞庭千里。累,累,累。

心中结,终能越,志坚胸阔身如铁。尊天地,明仁义。韶华将逝,与谁同醉?泪,泪,泪。

朝中措·盛夏

槐荫匝地冠青葱,莲瓣吐绯红。四野耀芒流翠,无边绿浪连空。

蝉嘶倦柳,蜂围嫩蕊,蛙鼓荷风。除草巡田野老,采菱舣棹娇童。

朝中措·雨思

刘郎昨夜自酣醒,入梦已三更。屋外风雷大作,恍疑美酒斜倾。

今晨放眼,春光明媚,丽日初晴。只有落红残叶,让人愁绪新增。

春风畫染绿杨堤翠蔽朝晖水暖一池鸭戏林深十里莺啼梨花铺雪海棠开蝶舞蜂狂迷归路追寻乐事少抒怀更待何时

刘存葆词朝中措早春　李延春书

朝中措·早春

春风尽染绿杨堤,翠影拂朝晖。水暖一池鸭戏,林深十里莺啼。

梨花铺雪,海棠开靥,彩蝶痴迷。行乐还须年少,抒怀更待何时?

朝中措·残秋

霜风瑟瑟白云悠,晓露点寒秋。满地黄花烂漫,红衰翠减难留。

两堤淡柳,一行雁去,独倚层楼。莫叹时光短促,人生何必多忧。

朝中措·春柳

数珠古柳列长堤,嫩绿上新枝。飘絮乱迷青眼,游丝细剪纤眉。

此程路远,折枝相送,共待归期。隔水几声鸭叫,树头唤起莺飞。

朝中措·咏梨花

小园剪雪望玲珑,寒玉灿晴空。夹岸临风浥露,数枝带雨香浓。

叹春难懂,淡妆粉白,不染腮红。欲向清波照影,落花逐水流东。

朝中措·咏菊

天高云淡晚风吹,游子故园归。入径冷香扑鼻,卷帘佳色开眉。

篱边疏菊,傲霜吐雪,浓淡相宜。处士深杯欲醉,佳人瘦影添痴。

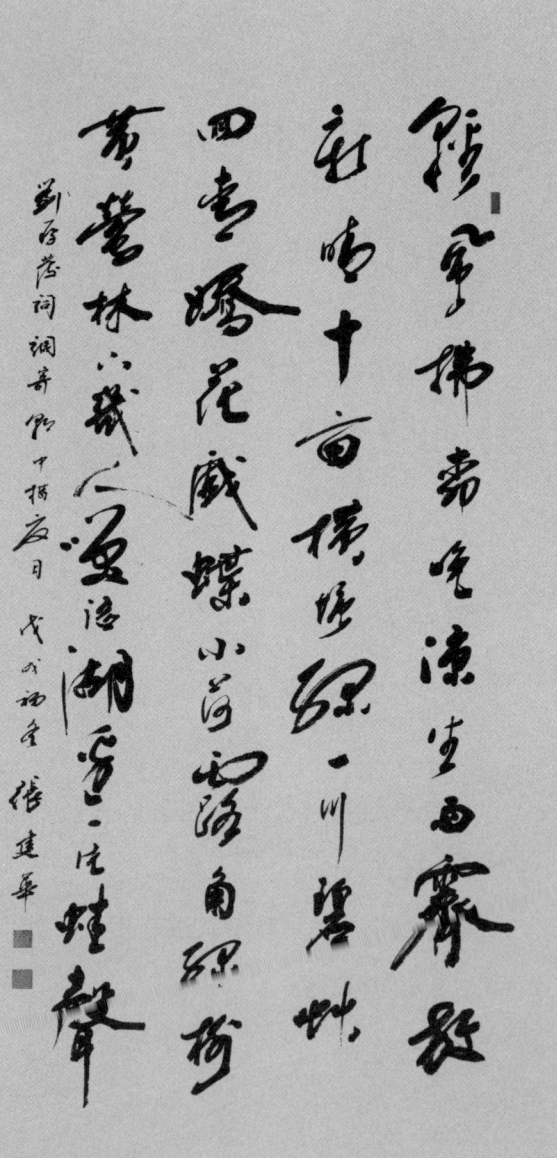

朝中措·夏日

轻风拂柳晚凉生,雨霁放新晴。十亩横塘碧绿,一川麦浪翻青。

娇花戏蝶,小荷露角,绿树黄莺。林下几人笑语,湖边一片蛙声。

细雨轻尘岸柳斜,鸳鸯戏水金鳞逐。唤艇儿回绍头,任遣春风展翠云。波纹卷起画船飞,龙吟皆有时难绝。堪令仰天暮色。

刘希夷诗词书写意

壬午年王全聚书于津沽

蝶恋花·盛夏

细雨轻风摇竹影。麦浪滔天,金穗连千顷。绿遍枝头红透杏,莲衣翠盖凌波映。

芳草盈坡香满町。树上蝉鸣,树下顽童听。远树长桥皆美景,烟村野水堪名胜。

蝶恋花·春归

雪化冰融冬已去。暖意东风,润彻田园土。芳草萋萋青翠吐,桃花绽笑当风舞。

彩燕归来寻旧侣。久别重逢,窃窃梁间语。快活人生春几度,谁知冒雨频飞苦?

蝶恋花·初春

冬去春回寒意减。丽日和风,绿野青坡现。酒晕胭腮红杏璨,雪飞千树梨花漫。

流水无声莺百啭。万井新烟,双燕回家转。莫叹春光流逝幻,一春诗酒谁相伴。

蝶恋花·秋暮

云淡风轻无烈日。晚稻飘香,结满金黄粒。菊老香销篱外寂,荷枯欲折湖中泣。

疏雨增寒啼蟋蟀。漫卷芦花,寂寞行阡陌。枫叶流霞秋水碧,韶华逝去焉能觅。

蝶恋花·闺情

草色返青风入牖。霞染桃枝,金缕披枯柳。转瞬香销花瓣皱,春来春去情依旧。

未解愁肠偏媵酒。泪洒樽前,更助容颜瘦。蝶梦萦飞君可有,芳心不展伊知否。

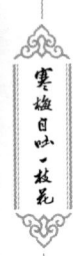

蝶恋花·闺怨

风暖门庭花映户。庭院新青,柳荡金丝缕。残酒醒来鸾镜伫,娥眉懒画愁如许。

遥望当年分手处。托雁求鱼,何日重相聚。锦瑟无声春已暮,烛啼红泪花飞去。

蝶恋花·夏晚

月挂枝头云渐少。树下清阴,树上蝉嘶叫。清爽晚风吹乱草,飞蚊如阵围灯绕。

引得蜻蜓追逐找。稚子欢腾,举网狂挥扫。左挡右擎频扑倒,心灰意冷情难表。

蝶恋花·秋暮

冷月寒蛩声入户。高柳无蝉,歇尽群蛙鼓。十亩芦花飞冷雨,半山枫叶飘寒露。

菊谢香销佳色去。鸿雁南飞,渺渺衡阳路。人过中年秋也暮,韶华已逝谁留住!

蝶恋花·夜雨

夜半惊雷声霹雳。瑟瑟凉风,吹醒天涯客。冷雨绵绵听急拍,窗前久立衣衫湿。

辜负男儿身七尺。纵有雄心,却乏回天力。遥望初晴烟树碧,乱云飞去如生翼。

蝶恋花·春暮

又到红酣三月暮。多少情怀,欲说难相许?残月梦回分手处,望穿泪眼伊无语。

流水落花风卷絮。凄雨横堤,莺老空啼树。人在天涯春已去,一年愁苦朝谁诉。

定风波·秋暮

风卷黄云荡荻花,孤鸿意倦落平沙。顾影自怜唯寂寞,谁错?从今分手各天涯。

不问洞庭归路远,前面,一山红叶半坡霞。飞过溪流翻过岭,时景,未知何处好安家。

定风波·春归

暖日清风爽万家,春来翠玉漫枝丫。野燕振翎拼一路,争渡,南征北向在天涯。

田垄泥融萌嫩草,谁晓,蝶蜂偏爱戏桃花。尽似美人红靥醉,娇媚,胭红粉白接朝霞。

细雨和风眾绿生堤坡柳翠草蕃青杏子数颗枝上秀红透招引双蝶误卷卿碧叶凌风尘不染舒卷红衣照影入池清粼海耀芷掀落日金色晴川更有布谷鸣

刘存发词 周小林书

定风波·夏日

细雨和风众绿生,堤坡柳翠草蕃青。杏子数颗枝上秀,红透,招引双蝶误花卿。

碧叶凌风香气伴,舒卷,红衣照影入池清。麦海耀芒掀落日,金色,晴川更有布谷鸣。

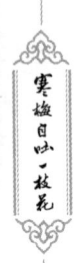

定风波·端午

炽日薰天大麦黄,炎风斗茧吐丝长。院扫庭除门插艾,安泰,浴兰时节酒飘香。

江上旌旗催竞渡,箫鼓,连声急唤楚忠良。欲夺标头齐戮力,拼弈,几人名就几人狂。

定风波·华厦红砖坊

曲径通幽草木葱,小桥流水古时风。素朴更添粗野拙,奇绝,金光万点透玲珑。

金粟飘香观翠挂,如画,乱珠如雨泻长空。墙壁参差凹凸砌,精细,归真返璞竞神工。

定风波·华厦红砖楼

漫染金秋一抹红,中西格调此交融。色彩斑斓神笔健,宫殿,天然本色见奇工。

科技新园浑似画,华厦,巍巍高塔指苍穹。七二烟沽团泊水,优美,扬帆出海待长风。

定风波·咏蜻蜓

薄翅轻摇细尾弯,啄蚊饮露入芦滩。夏晚风凉还比酷,追逐,自由闲舞竞盘旋。

照影怡情时点水,惊起,清波乱颤几层澜。竟日并飞飘不定,憧憬,藕花深处了前缘。

根讬蓬泥性墨岑苍劲碧望来

芝撇烟辛情浓入画满湿旅吟细

自筒百骸处从健墨性罗匹硅尊

难压孤清劲不共含黄霞翠无悔

顶天立地遒逸

刘振岚词 戊戌初春书于津南文化宫云山书斋主振岭书

定风波·咏竹

　　根卧黄泥伴野蒿,荒岩乱壑未曾挑。万种柔情堪入画,潇洒,龙吟细细自萧萧。

　　百结空心俱道性,刚正,能弯能屈总清高。苦雨炎风黄转翠,无悔,顶天立地也逍遥。

少年游·捉蛙

恼人暑气湿闷天,夏日烈如炎。荷花吐艳,蜻蜓欲立,并照水涟涟。

更闻连片蛙声起,稚子戏湖边。蛙跳娃追,蛙藏娃找,竟日两相欢。

少年游·秋感

西风萧瑟卷清秋,未减许多愁。衰颜满面,泪痕两道,终日枉凝眸。

萧墙祸起凄凉久,此恨几时休?乱茧抽丝,愁肠痛剪,苦恼上心头。

少年游·春思

东风昨夜雨纷纷,草木一番新。梨花洗泪,桃花敛笑,一夕落缤纷。

行年五十人生半,往事付流云。春雨添忧,秋霜凝恨,积雪了冰魂。

少年游·割草

乡村七月野坡边,高柳乱嘶蝉。骄阳似火,草丛添绿,雨后水淹田。

群童挥舞镰刀急,割草积如山。筐满担沉,肩挑背负,涉水渡河滩。

少年游·万和堂

波光倒影万和堂,照壁立中央。岫岩不琢,晴窗通透,"和"字喜迎墙。

霞光照壁峥嵘现,奇石内中藏。四季长春,花团锦簇,处处溢芬芳。

少年游·冬晨运土

一九六九年深秋,吾家自津迁至西柳木,借住亲友家,窘迫不堪,两年后生计渐好,举家之力造屋,惜宅址低洼,遂全家老少齐上阵,天未亮即起,数日奋力,宅基得平,备极艰难,记忆如新,今赋小词为记。

乡间冬日少晴空,残雪未消融。北风凛冽,东方泛白,天色渐曚曚。

父携儿女填基趾,车走急匆匆。破土挥锹,手推肩引,笑语逐寒风。

感恩多·云

若烟还润雨,浓淡如飞絮。捧星环地球,驾风游。

细数翻绵几片,望神州。望神州,掩日横空,自怜无处留。

感恩多·咏凌霄

几条藤蔓坠,无碍凌云志。苦攀登树头,竞高楼。

碧玉连绵百尺,半空游。半空游,曼舞霞飞,细枝轻且柔。

寒城自吐一枝花

玉人金钿夜狼藉,谁为佳丽尝怕未调紫龙,飘入金爵年来无恙,袁生气能安得房栎蟠空,可羽毛成凤

刘存良词感恩多 壬辰之冬李峰书

感恩多·春日

一春风雨度,能有谁留住。海棠犹未凋,絮飞飘。

莫负年来好景,趁今朝。趁今朝,笑指前村,野花开更娇。

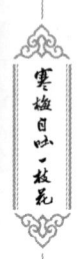

感恩多·丙申正月初八家书

梦中怀故土,愁苦谁相诉?近春无福缘,酿奇冤。

不断如珠泪水,洒颊边。洒颊边,自悟平生,此心山海宽!

感恩多·秋情

冷风今又起,秋色增寒意。短篱疏菊花,野人家。

此去山高水远,走天涯。走天涯,极目云边,运河流晚霞。

感恩多·盛夏

绿槐莺百啭,高柳蝉声远。垄青香满畦,蝶双飞。

十亩荷塘涨翠,晚风吹。晚风吹,竹影生凉,五更闻响雷。

感恩多·咏蝴蝶

酒醒虚幻现,残梦庄周恋。玉腰张锦衣,彩巾披。

对舞芳丛绿野,为花痴。为花痴,傅粉偷香,此心卿可知。

感恩多·荷塘夏日

采莲清气爽,摇橹平波荡。系舟芦苇塘,水苍茫。

阵阵风掀翠盖,送荷香。送荷香,玉立婷婷,露沾红绣裳。

卜算子·童年捉蝈蝈

翠绿小身驱,细腿常弹跳。大腹便便短翅收,惯吃花边草。

细语叫哥哥,团团轻轻靠。信手擒来锁入笼,窗下啼昏晓。

卜算子·端午

此日扫门庭,此节悬菖艾。香草辞章赋美人,浩气终难改。

蒲酒已陈年,筒粽传多载。江上忠魂意不孤,万众龙舟赛。

卜算子·盛夏

风软送荷香,火炽葵心璨。几树樱桃万点红,玉果枝头胃。

绿槐庇荫浓,高柳蝉声远。稚子行舟野水中,更向芦塘转。

卜算子·童年养小鸟

大雀屋檐飞,小鸟笼中闹。一日三餐米面新,只叹昆虫少。

抖翅振花翎,开口鸣昏晓。一样童心自有情,何日腾云表。

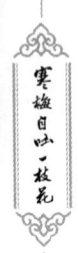

卜算子·芦荻

身立碧波中,根卧深泥内。朝伴霞光冉冉升,晚系斜晖坠。

已送雁南归,更见西风起。一派苍茫似雪飞,梦断连千里。

卜算子·秋夜

趁醉上轻舟,野水迷前路。荡入荒滩暮色深,野鸟惊无数。

芦雪漫汀洲,荻叶随风舞。皓月升空冷意添,今夕波间驻。

卜算子·童年扑蝶

小院牡丹开,几度寒和暑。昨夜东风入梦来,花满阶前路。

双蝶绕篱飞,并落凝香处。正是销魂细语时,岂可忙追捕。

卜算子·蝉

云鬓裹轻纱,不住谭天口。苦匿枝头发浩歌,振翅风中抖。

饮露抱青槐,噪暑鸣高柳。为得沉吟觅一枝,岂是因贫陋。

寒窗自吟一枝花

疏寒短篱边泠清溪蘸影，暗香声梦正酣雪压霜风扰，词客玉须邀细蕊花开香残，云水凌尚未融先自春来报。

刘存发卜算子咏梅一首 岁次戊戌冬月 谢超英

卜算子·梅花

寂寞短篱边,凄冷清溪绕。疏影香馨梦正酣,霜打风欺扰。

词客不须邀,细蕊花开杳。残雪冰凌尚未融,先自春来报。

卜算子·夜雨怀人

震耳裂长天,刺目红绡绚。夜雨敲窗阵阵寒,泪涧佳人眼。

惊我梦团圆,又阻传书雁。但愿君心似我心,不碍音书断。

后庭花·咏竹

春雷声震惊寰宇,伴风呼雨。淡烟凝绿新枝吐,几番朝暮。

嫩筠期向擎天柱,傲霜凌露。万竿鸣佩何所惧,浅吟如故。

后庭花·咏石榴花

几番春雨谁相伴,众英芳遍。翠苞新萼萌生晚,蝶来蜂返。

罗裙飘带风吹绽,火翻红缎。腹藏千粒珠玑满,淡香轻漫。

后庭花·春归

淡云疏雨春风润,雁传花信。海棠开靥涂脂粉,柳眉初哂。

去年心结休重问!厚情无尽。今日天晴逢好运,畅怀同饮。

后庭花·春怨

小园依旧香风沁,百花如锦。宿雨初干轻染晕,与谁评品。

落红飞絮飘无尽,更添闲恨。廿四番风花有信,再期芳讯。

后庭花·秋归

度云逾塞南归雁,振翎回返。洞庭波荡心自勉,苦旅无怨。

西风萧瑟芦花乱,楚天江岸。秋来秋去轮回转,远志休断。

后庭花·春归

春风剪绿西园韭,近门穿牖。染青纤草吹碧柳,纵横田亩。

去年心结今何有?弃之挥手。前程似锦花如绣,梦飞依旧。

后庭花·夏日

蝶花飞舞扬红扇,细飘香篆。草木葱翠莺百啭,唱绿田畎。

凫翻藕叶心舒卷,洁清谁看?炎笼高柳蝉声远,苦无人见。

花非花·咏竹

栖深山,隐空谷。四季春,千年绿。遥想诗酒七贤林,魏晋高风清气馥。

花非花·端午龙舟赛

人喧嚣,鼓声急。仰楚魂,追湘魄。龙舟争渡卷涛冲,桨棹齐挥掀浪疾。

花非花·秋思

西风来,雁归去。暮薄霜,朝清露。愁云关锁白头人,冷雨飘零黄叶树。

花非花·幽居

三缄言,岂甘辱。问吉凶,犹难卜。沉星追梦已迢迢,落泪如珠时簌簌。

花非花·幽居

无边愁,一团绪。两泪流,如丝雨。梦中亲友喜相拥,醒后缣巾频自举。

花非花·春至

春风来,雨相伴。草木生,时光转。牡丹争艳任花开,芍药添香招蝶恋。

花非花·杨花

花容颜,燕来往。自在飘,逍遥荡。无言低入远林中,欲坠还飞高岭上。

花非花·秋思

朝清霜,晚甘露。谷穗垂,莲蓬萎。风中红叶美难描,雨后黄花稀可数。

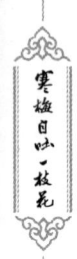

减字木兰花·咏葵花

痴心迷日,绛脸含羞如火炙。朝沐霞光,又转金轮对夕阳。

翠裙曳地,黄缎新裁围碎蕊。肥籽丰冠,饮露餐风也自安。

减字木兰花·端午

浴兰时节,洒扫庭堂悬艾叶。细剪钗符,难解传灵可有无。

龙舟争渡,怎记《离骚》三两句。屈子焉知,一统九州秦为谁?

减字木兰花·华厦红砖坊

凭栏远望,绮丽红坊姿飒爽。迤逦檐廊,如琢山花列满墙。

四时花蕊,一脉泉声三叠水。举目云飞,古朴雄浑百丈巍。

减字木兰花·广海道小学红砖学校

华园深处,锦绣黉宫围碧树。满座春风,桃李花开照眼红。

光生鲁壁,至圣先师千古立。壮阔门墙,广为明朝育栋梁。

一树梅花梦得一花相对真色紫，
宵来试绽东风入金屋蕊殿娲，
艳怎禁与梅鲜人自览孤醒腥春，
自引仙桃献寿星

刘禹锡《减字木兰花·咏梅》色

乙亥春月邱乃奇书于沽水

减字木兰花·咏桃花

小桃枝上,剪得一苞相对赏。含笑窗台,只待春风入室来。

万般娇艳,怎忍插瓶人自览。红褪腮青,自有仙桃献寿星。

减字木兰花·七夕

去年七夕,新月如钩星海碧。织女牛郎,天上人间俱一双。

经年此夜,电闪雷鸣风雨泻。鹊梦摧残,咫尺津门万里关。

江城子·童年放羊

幼童清早负箩筐。唤阿黄,放群羊。山坡聚散,驱赶小鞭扬。野草清新晴更好,肩满载,牧歌长。

江城子·童年拾柴

拾柴炊火小儿郎。左肩筐,右箔扛。林间地垄,奔走采樵忙。秸秆枯枝干草叶,薪满篓,笑还乡。

江城子·童年滑雪

三冬兴会雪花飘。踏冰橇,竞英豪。腾空一转,迅疾各争高。转瞬奔来还复去,飞胜马,跃如猫。

江城子·广海道小学红砖学校

书香扑面校园门。正青春,草茵茵。彩旗飘舞,丹础接晴云。绛帐朱楼承一脉,留古韵,气雄浑。

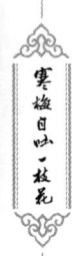

江城子·童年掏喜鹊

喜鹊巢穴匿林端。御霜寒,避风残。麦黄时节,幼鸟嘴垂涎。童稚攀爬掏小鹊,惊大鹊,闹盘旋。

江城子·童年田边捉鸟

小娃捉鸟最心欢。麦田间,水洼边。机关虫饵,巧设暮昏前。晨起争观围猎喜,灰野鸭,褐山鸢。

江城子·童年游泳

逶迤龙港一河牵。水流湍,映长天。平生击水,志在路三千。浪里群童身手好,先上岸,笑声喧。

江城子·华厦红砖坊

千枝翠蔓尽垂墙。碧云廊,托红坊。方檐几折,朱壁嵌明窗。绿意红情何所以,唯有梦,映朝阳。

江城子·初夏

斜风细雨雾濛濛。草芃芃,树葱葱。蜻蜓低舞,绿苇护芙蓉。碧水平波惊浪起,红锦鲤,跃腾空。

江城子·夏至

天曚霞灿日东升。水清澄,岸葱青。花间蝶舞,深树伴蝉鸣。杨柳林中灰喜鹊,飞忽去,叫留声。

江城子·游春

春回大地百花纷。草芳茵,木青蓁。平畴沃野,几列垄头人。万里晴空天突变,风骤起,卷黄云。

江城子·童年割野菜

小娃割菜奔村南。左提篮,右持镰。蒲葵苦苣,远觅不心甘。日暮云翻风骤起,天欲雨,汗流衫。

江城子·秋色

风清气爽白云悠。好年头,看深秋。黄花红叶,装点绿田畴。苞米高粱香稻谷,金玉粒,庆丰收。

江城子·老家农院

高坊秀壁杏林牵。吐新莲,翠湖边。清风林下,墅掩绿荫间。试问桃源今可在?红雨落,白云闲。

江城子·静海模范学校

千堆红雪压晴空。趁长风,送晨钟。楼台连苑,芳草绿荫中。波拱虚廊环臂抱,铺锦绣,遍簧宫。

江城子·华厦万和堂

长枪利剑吐锋芒。万和堂,水中央。允文允武,和气遍枞墙。斗拱玲珑红烂漫,情似火,凤随凰。

金缕曲·丁酉元宵节

今又元宵节。望长空、星光灿烂,玉河如雪。万里同心金镜古,犹似银盘光澈。映火树、烟花层叠。秀陌春灯人欢闹,对琼楼、玉宇星灯列。天不夜,照豪杰。

去年心事系难结。问苍天、广寒宫冷,羿君焉悦?吾也伶仃孤独过,苦恨悲伤难绝。七尺汉、身坚若铁。无愧无忧心坦荡,弃前嫌、愁怨当飞碟。清酒举,共明月。

金缕曲·重阳感怀

料峭秋将暮。任西风、南园撼竹,北庭摇树。牢落关河曾立马,岂是重阳堪误。问季雁、何时返楚?昨夜佳音开眉宇,映晨晖喜鹊楼前顾。弹指算,踏征路。

莫谈俗事甜与苦。了凡尘、凄风恨雨,尽归黄土。纵有豪情千百丈,回首年华虚度。鸡未唱、翩然起舞。数载寒窗风韵少,恁鬓边发白谁看取。擎菊酒、勿辜负。

金缕曲·纪念父亲大人九十诞辰

　　自举家藏酒。仰遗容、人寰永诀,十年时候。年少常怀家国恨,游走平原击寇。人称道、长枪神手。险恶人生遭暗箭,算其冤、今古莫须有。公正道,雪晴后。

　　故城荒草迁西柳。历风霜、贫寒度日,子孥年幼。工匠空存凌云志,更向长街游斗。羞面对、亲朋旧友。不减雄心夕阳好,竟此时、梦断溘然走。承宿愿,三叩首。

南歌子·童年弹弓打鸟

手握三叉弩,腰缠百粒丸。独来林下引弓弦,一射惊飞群鸟半空盘。

南歌子·童年割野菜

手握弯刀柄,肩担扁竹筐。远行剜菜野滩荒,如入深山探宝喜洋洋。

南歌子·童年捡地栗

手上擎弯铲,肩头背扁筐。东寻西找垄田忙,地栗捡来糊口济灾荒。

南歌子·童年看电影

手举芭蕉扇,怀揣木把枪。悄然坐在影机旁。眼观古今尘事兴昂扬。

缘缀随风曳黄稠伴
雨摇追日更朝二但
求苞似锦异香飘

刘孝绰词 南歌子咏蓉
戊戌盛夏 一禾赵伯光书

南歌子·咏葵花

绿缎随风曳,黄绸伴雨摇。倾心追日更朝朝,但祈苞盘似锦异香飘。

珠帘卷·咏雪

来无定,去无涯。寒冬遍洒银沙。装点疏篱深院,新颜迷万家。

平野满空冰絮,长街遍地琼花。河上潜光如霁,天不夜,玉无瑕。

珠帘卷·华厦红砖坊

红墙壁,绿纷披。清流更绕方堆。相问鲁班宗匠,红坊还中规?

檐下碧窗通透,斑斓古壁萦回。遥望彩云来去,开画卷,浴晴晖。

醉春风·春怨

又见春风好,新花萌细草。天涯何处寄刘郎?笑,笑,笑。紫陌红尘,看花君子,可容重到。

但觉悄然老,愁情犹未了。凌云十万赋难成,恼,恼,恼。孤雁长飞,洞庭波远,玉关云杳。

醉春风·冬雪

翘首琼楼望,鹅毛纷乱降。无尘银界素妆新,赏,赏,赏。一地晶砂,满园盐絮,数株梅放。

不夜心舒畅,无瑕胸宽广。清凉一世送瘟神,爽,爽,爽。来迹无痕,去时化水,德行高尚。

柳含烟·华厦万和堂

水中伫,万和堂。八面威风武库,长矛霸气立中央,亮煌煌。

万家书"和"清可数,变幻神工鬼斧。花团锦簇绕红墙,满庭芳。

柳含烟·冬雪

飘如絮,落无声。今夜素纱千里,明朝玉砌一川晶,满塘冰。

胜似梨花娇百媚,喜作散丝春水。深滋大地润花卿,总多情。

柳含烟·早春

苍穹下,紫光临。枯柳纤枝吐绿,几经风雨又逢春,逐香尘。

未等黄莺胡乱语,彩燕已裁金缕。一堤青色满坡新,翠无垠。

溪水清涟泛波沦涌不必争攀绿草芳礼名岁富丽尽一样娇好贫家秀色蜗庐蓬草笑意嫣然戏享和风分沾雨露乐在清闲

刘春癸柳梢春二首
戊戌冬月 洪洋

柳梢青·平凡

溪水涓涟,江波汹涌,不必争攀。绿草芊秾,名花富丽,一样娇妍。

贫家秀色窗前,野花草、笑意嫣然。独享和风,分沾雨露,乐在清闲。

寒梅自占一枝花

心若應寬，身為物所累，心若浮，身可隨。
緩辛逸，夕陽靜迎旭日爭輝，
之當時明者難得，若意念相成，
若能義理，居心浮，身可逆旅。

戊戌之丑年上浣 田鶴英於墨齋書

天津市书法家协会原副主席 冉繁英 书

柳梢青·舍得

心态应宽,舍为投入,得可随缘。暮送夕阳,朝迎旭日,寄望明天。

昔时回首难堪,莫重念、甜咸苦酸。义理居心,浮华过眼,得失何干?

美誉扬芳英风傲骨志七仁人梅绽岁寒莲芳九夏兰放初春平生不负天恩又何惧艰难困苦辣手文章担道义立庙俯身

简刘君尧先生词柳桥书一管任长文

柳梢青·担当

美誉扬芬,英风傲骨,志士仁人。梅绽三冬,莲芳九夏,兰放初春。

平生不负天恩,又何惧、艰难苦辛。辣手文章,肩担道义,立德修身。

智有愚聪明善愚傻點蛭難得糊涂实乃懦弱恰得中庸佯势自任奸雄放开去心宽海容必記煩憂多有感念快意岁穷

刘征老生詞柳梢青俊气一首

戊戌末月既望觀于沽水之濱雖心齋南窗

柳梢青·傻气

智有愚聪,精明苦累,傻点轻松。难得糊涂,实非懦弱,恰得中庸。

何劳自作奸雄,放开去、心宽海容。少记烦忧,多存感念,快意无穷。

汇水成川聚沙成塔积土成山铁杵磨针锲而不舍好梦终圆全凭意志强韧义善终始恒心向前掘井艰深痴情无悔必见清泉

刘存发词 柳梢青

戊戌冬月喻建十书于津门又动究斋

柳梢青·恒心

汇水成川。聚沙成塔,积土成山。铁杵磨针,锲而不舍,好梦终圆。

全凭意志强顽,善终始、恒心向前。掘井艰深,痴情无悔,必见清泉。

翘首赏门天开图画校园新起朱楼
匠心高古如意匯中欧列柱重轩半
拱曲兼直彎月如鈎横檐上朱甍碧
瓦起伏共雲遊悠悠追遠古秦磚不
飾漢瓦無鍥似亂頭粗服別樣風流
墻壁龍翔鳳舞留痕處勁健輕柔賢
才廣更期明日齊力占鰲頭

劉存發詞滿庭芳 歲在戊戌冬月鄭少英書于洺上

满庭芳·静海六中报告厅

翘首黉门,天开图画,校园新起朱楼。匠心高古,如意汇中欧。列柱重轩半拱,直兼曲、弯月如钩。横檐上,朱甍碧瓦,起伏共云游。

悠悠,追远古,秦砖不饰,汉瓦无镂。似乱头粗服,别样风流。墙壁龙翔凤舞,留痕处、劲健轻柔。贤才广,更期明日,齐力占鳌头。

高敞牌楼玲珑,招驿古色古香,斑斓杏林交径,墅外蔬语声喧细,柳林绿掩深吹红架上紫藤盘,青溪畔更淡香远墅外蔬舞红声,湖边鹧鸪晴日好浮游径,竿多睡日鸭满枝果饱浪,初临夏日耕走读恰在此田园,争羡日耕走读人喜投莲

秉发先生词 满庭芳 老家农院
戊戌暑中 沽上李泽文书

满庭芳·老家农院

高敞牌楼,玲珑照壁,古香古色斑斓。杏林交径,架上紫藤盘。细柳林风掩映,红墅外、燕语声喧。青溪畔,淡香吹远,绿扇舞红莲。

湖边,晴更好,深芦舣棹,野水投竿。有鹅鸭浮游,逐浪相欢。最喜初临夏日,满枝果、饱蕴甘鲜。人争羡,日耕夜读,恰在此田园。

满庭芳·暮秋

　　落木萧疏,湖波澄碧,敞襟遥望西楼。故园寒柳,同度几春秋。远处浮云缥缈,一行雁、今又南游。何时返,携来春信,绿水泛兰舟。

　　风悠,时乱踱,枯荷渐老,霜叶娇羞。算天也多情,著意添忧。莫叹韶光已逝,对明镜、秃发皤头。非仙圣,随缘自适,诗酒减闲愁。

念奴娇·元宵夜

登台翘首,见星河之上,一轮圆月。高挂晴空天不夜,万里白云飞雪。素魄凌霄,银盘覆地,万斛金波阔。琼楼玉宇,彩灯流影奇绝。

人涌巷尾街头,比肩接踵,龙舞狮腾越。春满千门神气爽,照耀万家心悦。今夕澄明,来朝洁美,户户圆无缺。踏歌观桂,普天同庆佳节。

念奴娇·春思

东来紫气,正携风吹散,岭头残雪。北返雁行声激越,唤醒故园群物。渡水凌云,穿花掩柳,一绽团圆靥。山河壮美,几多时代英杰。

长恨前世狐朋,癫疯酒肉,岂止称顽劣。春媚兰妖浑水溅,此事与谁评说?气爽风清,天公还笑,染白余之发。吴刚斤桂,广寒重吐新月。

忆江南·华厦红砖坊

穿花径,缓步入红坊。异彩千条云灿烂,跳珠三叠水汪洋,能不醉华堂。

忆江南·童年小花猫

斑白腿,奔走快如飞。东院穿花蝴蝶戏,西园攀树鹧鸪追,小立也偷窥。

花馋嘴,最喜食腥肥。捉鼠灶间常伏守,观鱼池畔不思归,惯向主人偎。

忆江南·华厦科技园

芳草地,玉阁碧流环。桥影横弓连白墅,溪光展镜映青莲,能不爱华园。

忆江南·童年捉迷藏

藏何处?月影挂西墙。草垛北边趴二位,柴房南面倚三郎,逮住莫慌张。

忆江南·华厦万和堂

清波上,峻宇万和堂。南北盾牌摧乱矢,东西剑气动寒光,妙意世无双。

忆江南·杨花

黄嫩柳,宿雨挂柔肠。翠线千条齐袅娜,杨花几缕自徜徉,携梦去何方!

忆江南·童年刨花生

花生熟,招得一群童。力拔黄秧田垄上,轻拨白肚土层中,粒粒吐香浓。

沁园春·母亲大人八旬寿庆

耄耋娘亲，设帨萱堂，仰止高山。正初冬欲雪，松青柏翠，小春爽气，鹤发童颜。辗转桑田，曾经沧海，犹似梅枝耐苦寒。忆当日，总和谐琴瑟，共度时艰。

无端浩劫株连。任苦雨、愁云压两肩。更哺儿育女，诗书继世，尊亲敬老，菽水承欢。仰望春晖，俯怜寸草，久负深恩报涌泉。凭杯酒，祝喜登上寿，安享遐年。

沁园春·闻内子手术痊愈出院喜赋

内子洪清，林下之风，秀气若兰。记聪明冰雪，人称德配，芳馨兰桂，自幸良缘。鸿案齐眉，鹿车归里，以沫相濡苦亦虔。吉星照，赖华佗妙手，重返家园。

浮生如梦如烟，算忧患、时多少笑颜。念含辛茹苦，执巾内室，相夫教子，比翼长天。病榻刚强，考场奋发，不让男儿克万难。玫瑰举，愿香沾纤手，喜润心田。

玉楼春·遣怀

二〇一七年三月十三日，苦旅之中，恰逢生朝，午间小憩，闻鹊声噪起，醒后又见蜘蛛攀壁。《西京杂记》有云："干鹊噪而行人至，蜘蛛集而百事喜"。双喜齐至，允称吉兆，遂拈此调，聊以述怀，兼当自贺。

自叹良辰无美景，苦旅衣衫何日整。梦中蝴蝶正双飞，世上鸳鸯难共命。

喜鹊数声惊梦境，但觉秋心犹未醒，蓦然抬眼见蜘蛛，可兆前程风浪静。

陌上寒梅香暗吐 柳色已将春
意露歌随箫鼓响 连天五彩烟
花星满树人海园中双狮舞千
盏灯前闻唤语 玉盘高挂洁如
霜遍洒祥光临万户

玉楼春元宵在岁次戊戌冬月沽上沈宪民书

玉楼春·元宵夜

篱落玉妃香气吐,春意已由杨柳露。震天箫鼓响通宵,七彩繁星披满树。

人海群中狮对舞,千盏灯前连笑语。冰轮高挂清犹霜,尽洒祥辉临万户。

玉楼春·丙申除夕

人似夕阳将近暮,应恨残年留不住。屠苏佳酒醉今宵,冷艳瓶梅香暗吐。

昔日辛酸随旧去,今夜关情双岁度。已知鬓角又添霜,只待闻鸡还起舞。

浪淘沙·丙申重阳节

窗帏透秋光,榻冷衾凉。去年心事苦难搪。自古怀秋多寂寞,总自悲伤。

今日又重阳,家在何方?梦回故里菊留香。独上高台情未尽,笑也无妨。

浪淘沙·丁酉元旦

一夜北风寒,难逐愁颜。良宵独守夜无眠。遥念合家欢聚处,如隔关山。

去岁苦难堪,可与谁言。钟声一响即新年。应有孤梅寒雪放,共待晴天。

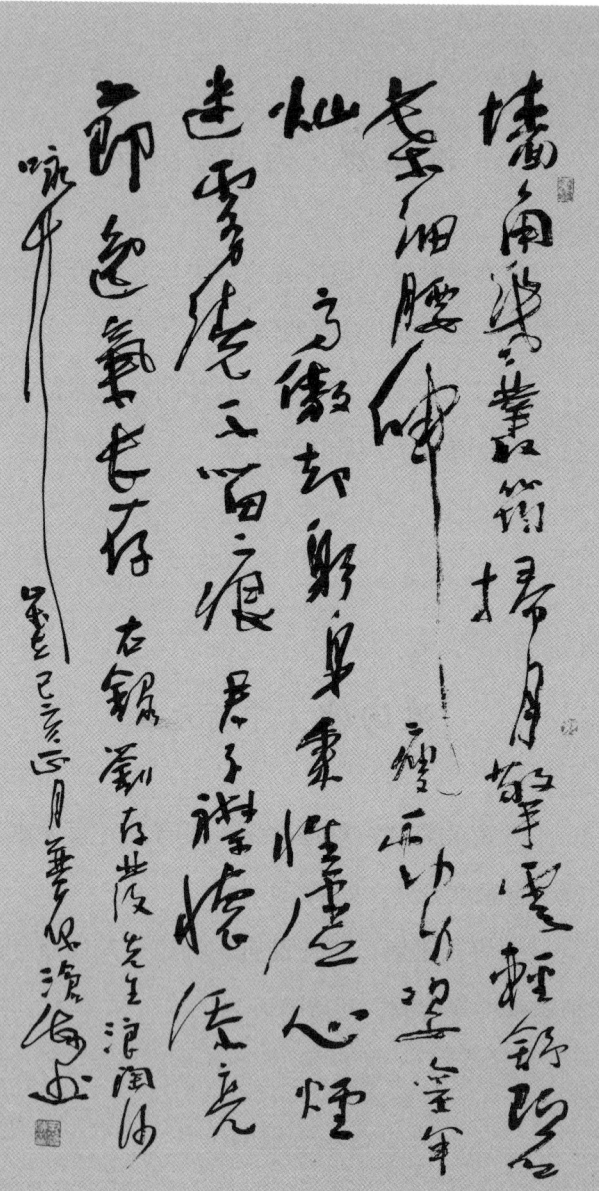

浪淘沙·咏竹

墙角几丛筠,扫月擎云。轻舒碧叶细腰伸。瘦劲身姿金甲灿,戈戟嶙峋。

高傲却躬身,秉性虚心。烟迷雾绕不留痕。君子襟怀添亮节,逸气长存。

浪淘沙·丙申中秋

圆月彩云追,满地清辉。合家团聚喜交杯。笑指蟾光丹桂树,倩影相随。

今又月轮回,人在边陲。故园沉寂不能归。岂认婵娟千里共,有翅难飞。

浪淘沙·华厦红砖楼

阆苑起红楼,独立清秋。巍然一塔占风流。简约雄浑饶古意,汇聚中欧。

登阁豁双眸,诗兴悠悠。匠心独运巧工锼。砌得砖花娇百态,美景长留。

青玉案·春暮

檐铃昨夜随风舞,更相伴、零星雨。小院偷闲春色吐。几株枯柳,数条金缕,满庭飘风絮。

花开又落春归去,半百人生曙将暮。旧日情怀余几许?乐游知足,酒杯常举,何必添愁绪。

青玉案·中秋

九霄仙界今何夕,静如水、云无迹。万里长空明似碧。广寒宫殿,瑶池岸陌,恍见蓬壶客。

升腾已失回天力,伐桂无期斧何急。别恨离愁休再忆。又逢佳节,合家共席,同庆团圆日。

青玉案·咏雪

朔风摇动檐铃摆,更遥望、帘栊外。玉蝶纷飞新世界。琼花三弄,冰凌七彩,遍野银纱盖。

冬来夏去流光快,地冻天寒本无奈。照影梅花唯自爱。一枝飞絮,满庭飘洒,总有清香在。

虞美人·春归

东风送暖春来也,雪尽冰融化。甘霖润地细无声,万物复苏今又待萌生。

燕回同抖双翎土,梁上缠绵语。韶华逝去梦空留,南去北飞栖旅几时休?

虞美人·遣怀

功名富贵多虚渺,甘苦谁知晓。水中明月梦中楼,往事如云成败也风流。

人生尽乐青春与,莫待霜丝缕。江湖际遇百般乖,对酒当歌唯醉可开怀。

虞美人·秋愁

草荒花谢秋萧瑟,风露篱边泣。平沙落照雁思归,一字成行偕伴向南飞。

梦中还得家乡往,不似当年样。亲人相抱在村头,欲语无言唯有泪双流。

虞美人·赠内

卅年结发同甘苦,共度风和雨。家风古训美贤良,人道谢家子弟桂兰芳。

我非麟趾君如凤,一枕人生梦。前程飞雪不须愁,好待并肩天地共风流。

荷叶杯·秋雁

万亩荻花飞雪,风烈,雁南飞。影单云厚与谁伴,唯恋,故乡回。

荷叶杯·惜春

窗外落红如画,帘下,酒难休。叹春将去逐流水,唯醉,解千愁。

荷叶杯·冬雪

玉蝶空中摇摆,无奈,乱纷纷。短篱新屋尽披素,滋土,净无尘。

荷叶杯·夏夜

皓月碧空高挂,如画,映池塘。晚风摇柳稻花荡,清爽,簟微凉。

荷叶杯·童年雪地网鸟

雪霁堤坡沟垄,安控,摆虫囮。雀来鸠落竞争抢,收网,乱如梭。

荷叶杯·童年拔萝卜

秋后百蔬葱荟,菁翠,正鲜娥。垄间童子绿缨扭,双手,拔青萝。

如梦令·华厦红砖坊

水照红坊倩影,绿蔓顺墙攀顶。烟柳小桥横,兼具古今佳景。诗境,诗境,一派清新明静。

如梦令·华厦万和堂

谁筑水中奇厦,堪比梦乡童话。彩笔绘宏图,融汇古今风雅。潇洒,潇洒,人道如诗如画。

如梦令·华厦红砖楼

兀起红楼嶒崭,极尽做工精湛。好景趁朝阳,千顷碧波粼染。登览,登览,更有白鸥争艳。

如梦令·华厦科技园

溪上藕花初绽,满绕小楼临岸。细柳拂清风,吹得画堂香满。深院,深院,飞起落红千片。

如梦令·静海六中报告厅

长守金秋独恋,更爱春花烂漫。列柱带重檐,伴有雕梁彩券。奇幻,奇幻,浑似瑶台仙殿。

如梦令·老家农院

邀得二三知友,今夕班荆话旧。野蔌自清新,莫道烹调高手。杯酒,杯酒,好趁春风杨柳。

如梦令·夜雨

昨夜雨声未断,搅得梦丝缭乱。睡眼瞥东窗,一缕阳光忽现。金灿,金灿,定是雨停云散。

如梦令·中秋月

又是一年秋好,赏月合家携老。碧海泛金波,总有乱云飞绕。虚眇,虚眇,快吐玉盘高照。

如梦令·童年种玉米

春日浅耕埋地,只待新苗抽起。引水巧施肥,费尽农家心意。苞米,苞米,快吐碎金青穗。

如梦令·童年划船

夏日小荷初放,喜得驾船离港。童稚执长篙,直欲泛舟湖上。摇荡,摇荡,才晓世间风浪。

如梦令·童年跳绳

少小结群游戏,两手绕绳腾起。风卷幻云翻,花样百般交替。挥臂,挥臂,浑似不曾沾地。

如梦令·听蝉

久在柳间轻挂,伴我苦吟长夏。薄翅远飞难,未得居高临下。嘶哑,嘶哑,多少感时情话。

如梦令·童年收棉花

万里秋空如水,映衬雪原娇媚。童稚巧穿行,双手疾飞轻脆。银蕊,银蕊,顷刻小山堆篓。

如梦令·童年照螃蟹

月上畦沟滩浦,两脚泥泞难阻。稚子各提灯,直向稻田深处。抓捕,抓捕,青甲黑螯盈篓。

如梦令·童年锄草

雨后荷锄斫划,满目草深禾浅。稚子踏田间,良莠一时混乱。难辨,难辨,唯有低腰薅断。

如梦令·童年割麦

朗日微风流翠,万顷娇黄金穗。揽秸更挥镰,争显各家技艺。谁比,谁比,遥指少年豪气。

如梦令·中秋夜

今夕星多云少,一片玉轮清皓。举酒向青天,尽减几丝烦恼。相照,相照,但得素心安好。

如梦令·童年赶集

早想逛街游市，只见摊多人挤。不问货如何，专找大堆清尾。相比，相比，花尽岁红钱币。

如梦令·送春

大地絮飘闲舞，小路花零乱踱。瑞气伴朝阳，耕作喜逢澍雨。匆遽，匆遽，田垄马奔人去。

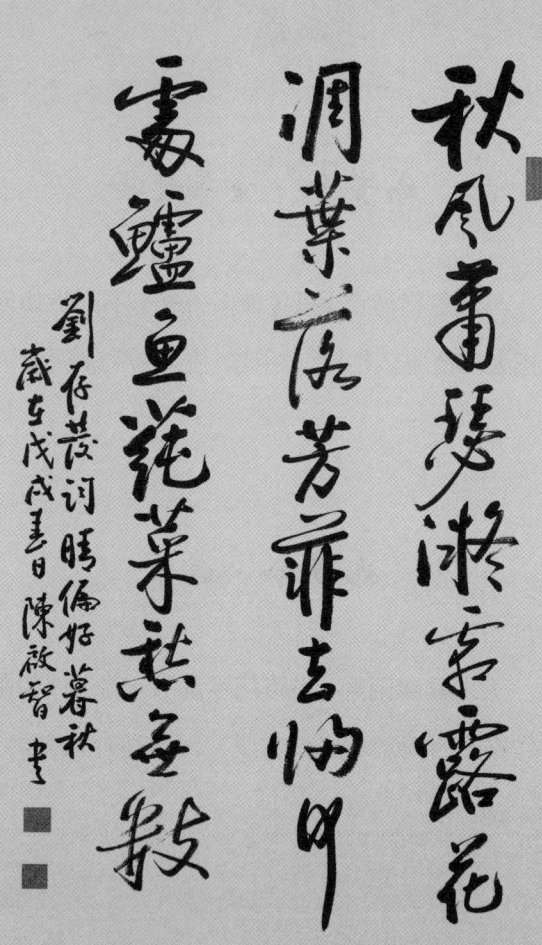

晴偏好·暮秋

秋风萧瑟凝霜露,花凋叶落芳菲去。归何处,鲈鱼莼菜愁无数。

黎明时刻金鸡叫，随瑞犬迎新闹春来到，晴天朗日时光好

刘在萱词 晴编好
岁在戊戌正月 陈启智书

晴偏好·戊戌除夕

黎明时刻金鸡叫,声随瑞犬迎新闹。春来到,晴天朗日时光好。

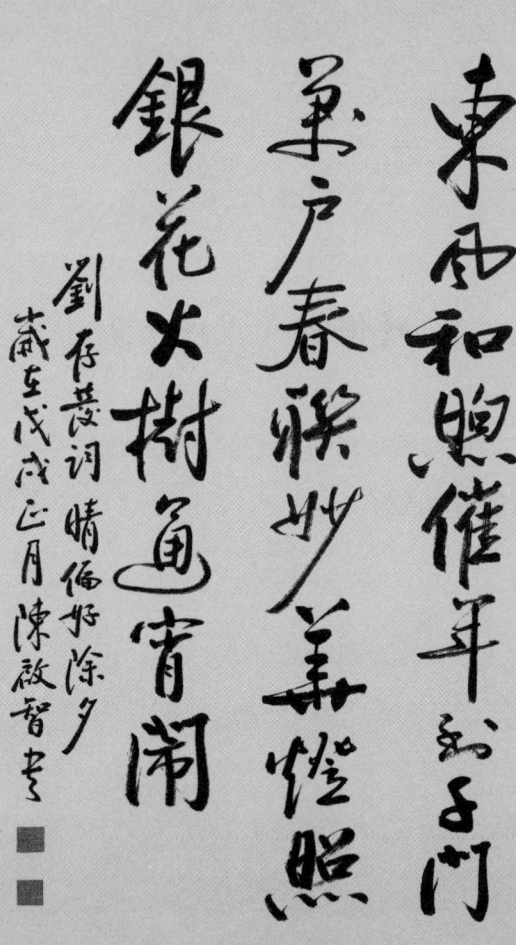

东风和煦催年到，千门万户春联妙，美烛照，银花火树通宵闹。

刘存荛词 情偏好 除夕

岁在戊戌正月 陈启智书

晴偏好·除夕

东风和煦催年到,千门万户春联妙。华灯照,银花火树通宵闹。

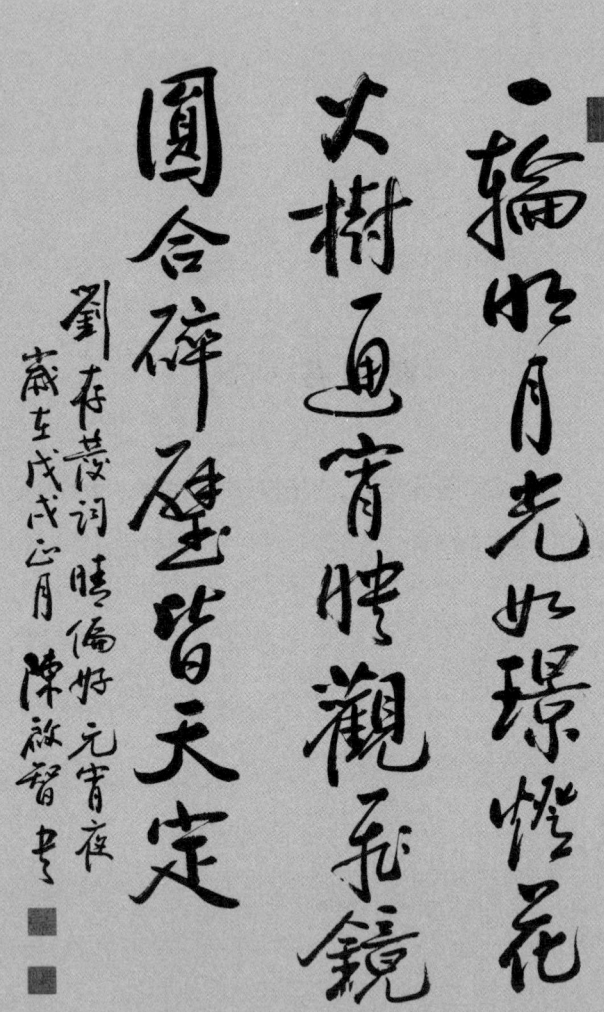

寒梅自吐一枝花

天津市书法家协会名誉理事 陈启智 书

晴偏好·元宵夜

一轮明月光如璟，灯花火树通宵映。观飞镜，圆合碎璧皆天定。

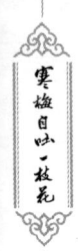

山花子·苦旅

苟且偷安已暮年,是非荣辱口缄言。成败存亡不劳问,且由天。

梦里亲人留喜色,灯前书卷对愁颜。遥望远天残月落,几时圆?

山花子·秋愁

败叶枯枝野草残,清霜凝露晓风寒。举目情随南飞雁,路维艰。

喜去伤添心坎上,苦来愁起额头间。寻梦得同亲友见,泪阑干。

山花子·新春

细雨和风万物生,花红如锦柳丝青。桃李含羞对梨雪,映波清。

又是一年春好处,杜鹃先唤燕连声。农户少闲争破土,闹开耕。

山花子·初夏

淡雾微风细雨绵,湖边垂柳拂红莲。间有蛙声聒成片,唱清涟。

一抹斜阳新雨后,小园锄菜起炊烟。邻舍更携家酿酒,几家欢。

山花子·残夏

七月乡村烈日炎,无风无雨蔚蓝天。挥汗农夫惯锄草,垄田间。

万点繁星笼小院,未消余热夜阑珊。蒲扇簟席围一座,笑声喧。

上西楼·华厦科技园

荷风桥影波涟，院篱蓄，绿岸深林幽墅、鸟喧天。

廊牵蔓，石相伴，看花娟。阆苑桃园犹在、适休闲。

上西楼·静海模范中学

出云雨上钟楼，驾风游。峻宇雕墙依旧、锁霜秋。

圆弧券，重檐转，巧工镂。古朴雄浑堪比、俏风流。

上西楼·送春

韭黄又剪春风，郁葱茏。燕子归来相伴、舞当空。

桃粉靥，梨花雪，谢匆匆。落絮飞红还与、去年同。

上西楼·秋愁

离情别绪烦忧,苦难休。辜负菊花葭叶、染清秋。

心中泪,颊边坠,是乡愁。明日归田重作、稻粱谋。

上西楼·初春

东来快意和风,雪消融。满眼撩人春色、绿葱葱。

柳飞絮,花经雨,树犹秾。最爱草堂归燕、急匆匆。

上西楼·丁酉元旦

钟声振响长天,月初圆。惊破梦中佳境、故乡还。

心半老,情难了,路维艰。愿得纵情常笑、度新年。

上西楼·杏花

枝头青小花天,吐芳娇。好伴浪游词客、野云飘。

落红乱,花期短,不堪凋。为问酒家何处、记风骚。

风光残图泊舰立桥头,历历眸一片清波几叶,月数飞鸥蕉秀翻云黄,秀瘦秋光梦绕笔难描,墨生休画中发

右录刘存发先生词风光好一首 戊戌仲冬 邵佩英于天津

风光好·团泊秋

立桥头,展明眸。一片清波几叶舟。数飞鸥。

芦花翻雪黄花瘦,秋光秀。彩笔难描墨未休,画中收。

寒雄自吐一枝花

鉴res青柳潭澄日暖风和万物生光辉
荣牵杨鹰跃长桥秀春光美村幼村南
春笔春春高鸣

刘居发词 风光妞早春
戊戌大暑 洋南 孙宝发书

风光好·早春

垄头青,柳溪澄。日暖风和万物生,竟娇荣。

垂杨遮断长桥水,春光美。村北村南喜气盈,鸟齐鸣。

望蒼穹指遙空雲海翻濤捲浪沖駕長風丹青巧繪金秋色揮神筆多少黃英入畫中伴霞紅

劉奉縶詞 風光好秋色

戊戌初育 釆趙伯光書於沽之廿艸精舍

风光好·秋色

望苍穹,指遥空。云海翻涛卷浪冲,驾长风。

丹青巧绘金秋色,挥神笔。多少黄英入画中,伴霞红。

风光好·静海模范红砖学校

树繁秋,草青葱。赛道回环绿嵌红,塔玲珑。

鳞光碧瓦朝霞漫,彤云灿。抱厦重楼荡晓钟,汉唐风。

风光好·老家农院

果林芳,菜园香。十亩清风细苇塘,绿迷茫。

牌坊照壁砖花古,临青渚。红杏成排接草堂,透书香。

风光好·初夏

苇葱葱,雨濛濛。蛙鼓惊波翠扇风,撼芙蓉。

蜻蜓点水摇萍叶,红香撷。对舞穿飞绿影中,映霞虹。

忆余杭·秋愁

西北风来,晚露凝霜天渐冷,平沙夕照雁南飞,游子也思归。

暮思朝盼愁无数,梦断鹊桥彩云路。别君容易见君难,落月几时圆?

忆余杭·春思

和煦春风,绿遍群山开画卷,兰亭古意竹林间,曲水泛清涟。

一春寒意风兼雨,好向海棠觅诗句。等闲青发化银丝,乐在少年时。

南乡子·童年淘鱼

天闷热,小溪长,群童赤脚筑泥墙。万斛千盆淘将旱,银鳞乱,合力围抓鱼篓满。

南乡子·童年捕蝉

蝉啸叫,柳林梢,群童林下举长篙。午梦难求清勿扰,乱琴少,犹有余音吟晚照。

苏幕遮·为存生大姐六十寿诞作

丙申年,花甲岁。喜庆生朝,寿酒甘滋味。玉映清心明大义。菽水承欢,孝道充天地。

少时强,巾帼气。弃学担当,助父扶家起。姊妹温情怜惜弟。欲写家风,应作丰功记。

苏幕遮·华厦万和堂

万和堂,奇石殿。峻宇玲珑,溪水金波幻。碧柳摇风荷叶展。"和"字精雕,靓丽纹墙面。

路清幽,廊变幻。翠绿芬芳,最喜阳光灿。四壁书香精浩瀚。粗放雄浑,返璞归真现。

苏幕遮·华厦红砖坊

木扶疏，芳草媚。水上金波，波上坊迤逦。窗下修篁高洁翠，墙壁嶙峋，半掩凌云志。

看星辰，观月桂。更有斜晖，洒遍藤枝穗。瀑布飞流三叠水。粗放雄浑，竟显砖魂气。

苏幕遮·广海道红砖学校

院芳菲，天浩瀚。几道红环，尽数伊人练。唯见旗台精细隽。孔像雄浑，竟染粗颜面。

柱雄浑，檐璀璨。墙壁嶙峋，多少神奇幻。返璞归真砖独恋。走进黉门，疑似游宫殿。

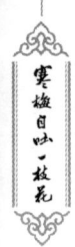

鹊桥仙·七夕

云槎泛海,星桥渡浪,多少感人故事。痴情儿女结良缘,竞此刻、鲛珠洒地。

天成佳偶,相濡以沫,莫道山盟海誓。今宵再度喜重逢,胜厮守、年年岁岁。

鹊桥仙·七夕

孤灯淡影,银河印月,玉宇珠晖闪烁。谁怜映我一流星,正孤独、天边坠落。

牵牛织女,鹊桥期会,重诉别离寂寞。新欢应比旧愁多,又添了、何言一诺。

鹊桥仙·七夕

浮云缥缈,流星闪耀,弯月闲愁未了。鹊桥两岸渡难求,恨王母、挥钗拦棹。

多情儿女,求鱼托雁,难解一年苦恼。柔情似水两心通,待今夕、金针乞巧。

鹊桥仙·七夕

求签问卜,望穿秋水,只盼长桥厮守。梦中同叙别离愁,醒来却、空帏依旧。

良宵尽享,星河共渡,月下含情牵手。亦惊亦喜亦添忧,怕重会、容颜又瘦。

天仙子·童年钓鱼

水上微风摇翠缎,握竿童稚湖边转。金钩穿饵系浮漂,睁大眼,静心看,可数游鱼来往窜。

天仙子·秋愁

漫道疾风知劲草,冷霜清露催秋晓。心随黄叶自飘零,人渐老,怨无靠,旧梦难回情未了。

天仙子·送春

丽日和风衔细雨,杏云梨雪凝清露。蜂鸣蝶舞沁香追,春欲去,恁留住,况有落红飞絮数。

天仙子·丙申初八

料峭春寒天未曙,别家游子思登路。阴云列阵锁愁城,千缕绪,万言语,好伴春光何处去。

天仙子·童年种麦

野老前行驱马作,小童随后牵驴过。良田万顷蕴黄金,秋下颗,夏收果,为得丰年先洒播。

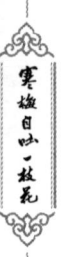

天仙子·童年玩泥巴

水土调和犹未毕,团球揉饼搓摩急。猛然摔下动乾坤,声霹雳,迅风疾,一响惊天泥四溢。

天仙子·童年玩火柴枪

习武练功身似铁,穿杨神射尤奇绝。火柴细棒顶枪膛,腰里别,小英杰,敢叫霸王魂魄裂。

乌夜啼·观雨

屋外狂风作,云低欲雨惊雷。运河流水湘江怨,败叶半空飞。

香草美人何处,问天呵壁无归。汨罗江畔中宵夜,思古更添悲。

乌夜啼·春归

三月春来早,柳梢吐碧含青。红尘紫陌桃千树,依约践前盟。

前度刘郎重到,花间共叙芳馨。胸襟坦荡清风满,快意故园行。

乌夜啼·对酒

　　日月轮回转,时光似水流年。唐时落日今朝雨,往事幻云烟。

　　人世艰难蜀道,瀛洲海客虚言。应邀太白千杯醉,同上酒家船。

西江月·秋思

孤雁荒滩顾影,晚蝉高柳吟云。芦花涌雪夕阳熏,照水霜枫红润。

犹记伤情离别,那堪梦醒时分。岂知相识不留痕,只叹心灰缘尽。

西江月·华厦红砖楼

饱看厦园春色,长留雨后彤云。层楼三段古香新,更有欧风余韵。

碧瓦朱栏照眼,雕梁画栋砖魂。拾阶登塔望津门,无限风光览尽。

西江月·华厦万和堂

粗犷中庭绮丽,雍容"和"字轩昂。明窗斜照椭圆墙,奇石壁龛藏放。

冷暖地源绿色,循环发电阳光。青藤幽竹满庭芳,四季园蔬长旺。

西江月·秋雨

风卷芦花翻雪,雨打桐叶生寒。窗前滴拍响连绵,竟夜和声不断。

清梦醒来将晓,忧心欲裂无言。已知尘世许多难,又诉谁家冷暖。

西江月·中秋节

浩宇星稀云淡,深潭水静波平。一轮玉璧镜中明,冷浸秋宵明净。

我欲乘鸾邀月,自兼三客豪情。水晶宫里桂华腾,阵阵凉风弄影。

西江月·元宵节

玉宇三更星灿,银河万里晖明。烟花火树竞相争,影幻蟾宫鸾镜。

赏月人欢灯市,踏歌龙舞花城。登楼放眼望天庭,恍入蓬壶胜境。

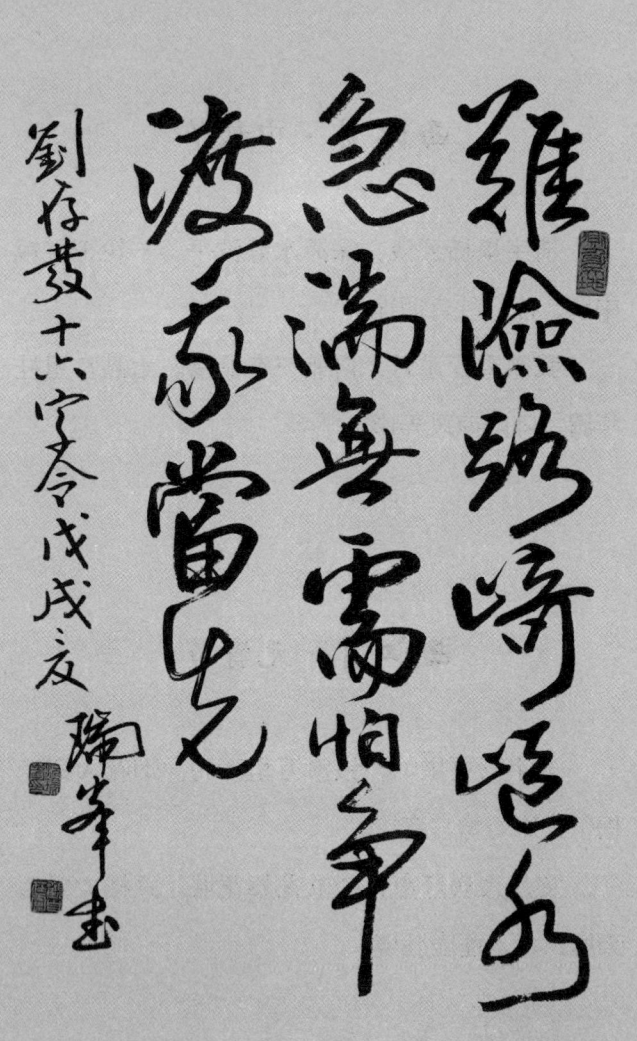

寒梅自吐一枝花

天津市书法家协会原副主席 况瑞峰 书

十六字令·难

难,险路崎岖水急湍。无需怕,争渡我当先。

寒梅自吐一枝花

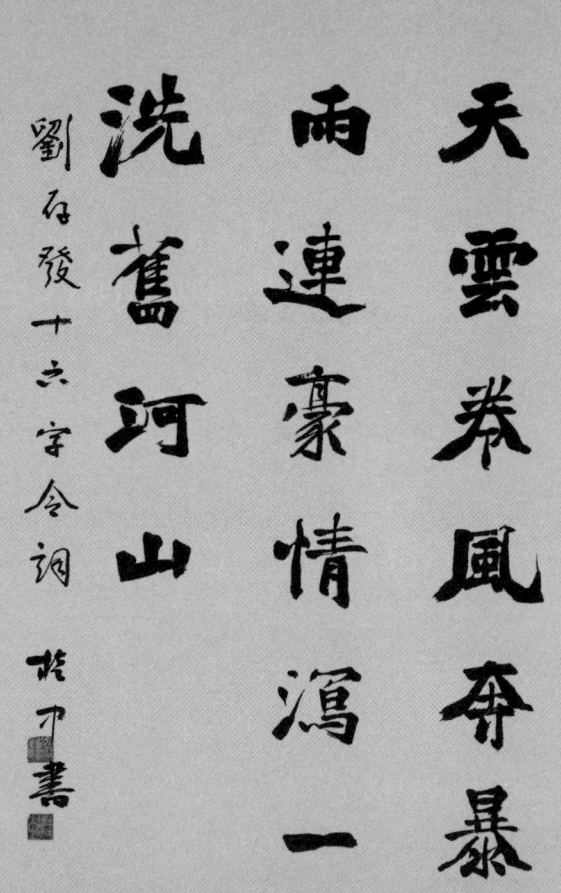

天雲卷風夺暴雨 連豪情瀉一洗舊河山

劉召發十六字令詞 桂中書

天津市书法家协会副主席 赵桂中 书

十六字令·天

天,云卷风奔暴雨连。豪情泻,一洗旧河山。

红埠砀戟黉宫巍如霞如岚如
图画文脉继千年圭堦逵杏坛
檐廊辫沉夔墙鲜黎髭囟腮
读书謦荦学子靖

刘孝发先生词 菩萨蛮 广海道红砖学校
戊戌季夏雍阳一木赵伯光书於沽上廿艸精舍 时又五

菩萨蛮·广海道小学红砖学校

红砖砌就簧官厦,如霞如火如图画。金柱立超凡,玉阶铺杏坛。

檐廊鳞次变,墙壁参差幻。朗朗读书声,莘莘学子情。

菩萨蛮·春暮

残红落絮飞无数,子规声断春归路。流水落花随,好凭余梦追。

异乡身处久,往事堪回首。三月竟飞霜,思来愁断肠。

菩萨蛮·初秋

西风萧瑟浓云滚,凋花落叶纷飞损。秋水卷微澜,悲情如涌泉。

浮云驱未散,一抹斜阳现。我欲问天公,流离何日终。

菩萨蛮·咏葵花

晨接红日云喷薄,晚随斜照余晖落。回首转西方,举头倾太阳。

绿竿空劲挺,金盏犹弯颈。千籽抱成团,一心拼玉盘。

菩萨蛮·咏蚂蚁

成群列阵行泥下,缘槐撼树留佳话。团队铸精诚,齐心争共赢。

挪移千万里,劳作难分彼。曲穴久长绥,焉能言溃堤。

莺雷一震东风度,夜半细雨宣芳馨碧草绕枝头。鸳湖上游鸳歌声更沥,唱绿堤边草推园一园春暗,亮不尽云。

菩萨蛮·春归一首 刘石井先生词 张同明书

菩萨蛮·春归

惊雷一震东风著,夜来细雨窗前落。碧叶绽枝头,白鹅湖上游。

莺歌声更巧,唱绿堤边草。推闼一园春,晴光千里云。

菩萨蛮·静海六中红砖报告厅

红墙尽展春花意,朱甍舒卷霓虹气。列柱立长廊,鳞光铺遍墙。

九灯星斗转,四壁云晖灿。华炬照当空,满堂飞彩虹。

忆秦娥（平韵）·华厦科技园

祥云盘，掘金标榜华科园。华科园，康庄大道，配套齐全。

入云映水霞舒莲，参天蔽日凝香藩。凝香藩，杏林白墅，野趣幽闲。

忆秦娥（平韵）·华厦红砖坊

红砖廊，巍峨旖旎桥连坊。桥连坊，朝霞万道，水面徜徉。

白云飘去留斜阳，花团锦簇嶙峋墙。嶙峋墙，瀑飞三叠，绿满华堂。

忆秦娥·和陈秀丽词意韵

重聚首,与君共进三杯酒。三杯酒,同窗情谊,别来依旧。

少时佳梦朱颜秀,韶华已去情缘有。情缘有,初衷不变,永生厮守。

忆秦娥·元宵夜

元宵月,晴空万里银河澈。银河澈,经年历载,玉壶明洁。

今宵此刻花灯列,双狮对舞龙腾越。龙腾越,英姿奇艳,纵情佳节。

忆少年·静海模范红砖学校

红砖细缝,红墙峻宇,红花迷眼。长空彩霞起,映群楼光灿。

天外钟声云作伴,正惊醒、画楼书院。春风孕桃李,放飞天心愿。

忆少年·春回

东皇驾伴,东来紫气,东风融雪。芳园斗春色,看桃花桃叶。

红豆情思君采撷,更还期、两心相悦。匆匆几番雨,又清明时节。

忆少年·秋归

长风远送,长歌侑酒,长林丰草。家园盼游子,正门庭新扫。

别在春时秋又到。愿从今、白头偕老。黄花助诗兴,看云中双鸟。

忆王孙·童年弹弓手

春风染绿柳丝长,百鸟声声深处藏。稚子拈丸一粒装。小弓张,放手能穿百步杨。

忆王孙·童年打谷场

乡间好景在秋光,广地平畴打谷场。碌转机鸣各自忙。粒飞扬,稚子挥锨学晒粮。

忆王孙·童年采榆钱

阳春三月雨如烟,榆树枝头串串钱。细嫩清香味正绵。树高攀,采得家中秀可餐。

忆王孙·童年砍白菜

朔风凛冽地凝霜,稚子挥镰割菜忙。一路翻飞撂垄旁。列成行,翠玉连株对夕阳。

忆王孙·秋韵

青山一夜染娇黄,溪水穿林碧影凉。暮色将昏见夕阳。菊幽芳,独立新秋叹沧桑。

渔歌子·元宵夜

火树腾空散落花,千门明月对灯华。歌舞美,管弦佳,春风满座醉全家。

渔歌子·戏老

聋耳秃头半口牙,提笼牵狗养兰花。温白酒,煮清茶,闲来唤友练搓麻。

渔歌子·新年

今夕烟花不夜天,明朝阡陌换春颜。金女揽,孝男牵,走街串巷拜新年。

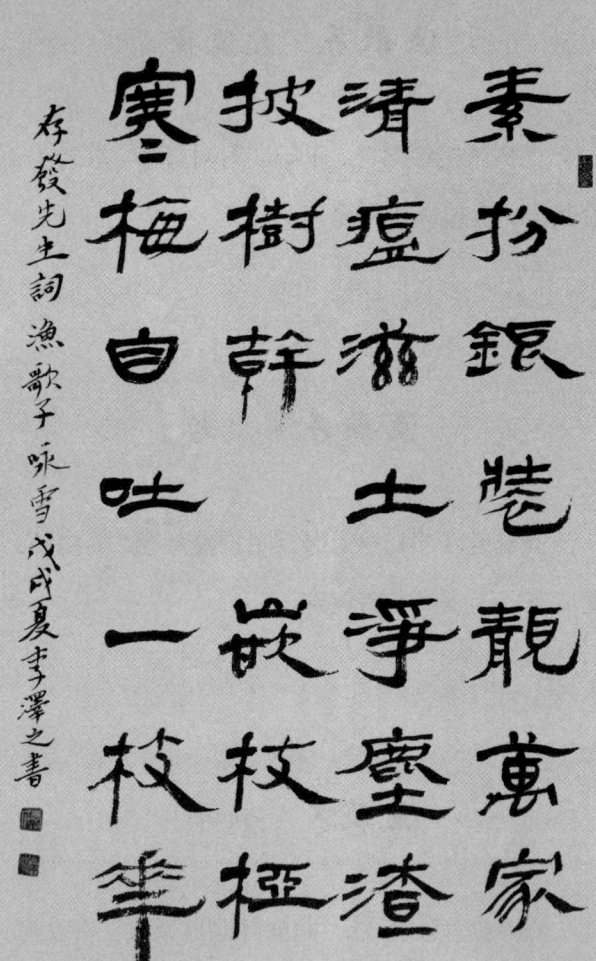

渔歌子·冬雪

素扮银装靓万家,清瘟滋土净尘渣。披树干,嵌枝丫,寒梅自吐一枝花。

渔歌子·童年学种棉花

幼小殷勤学种棉,施肥洒药日浇田。锄杂草,护新园,繁花吐雪对开颜。

渔歌子·冬雪

多少楼台洁而华,素妆银界白无瑕。抛粉萼,散琼花,鳞光片片洒千家。

秋风清·童年捡红豆

晴光好，秋收早。菽枝蔓缠间，萁豆畦边找。闻道相煎骨肉伤，拾来犹恨红珠少。

秋风清·垂钓

池塘边，波涌滩。绿苇至深处，顽童垂钓竿。头遮青笠悠然坐，宛如画里渔家仙。

秋风清·童年收甘薯

金秋天，凉意绵。嫩脆地瓜熟，群娃田埂间。翻秧刨土三叉掘，捡来喜气堆成山。

秋风清 · 童年挖苦菊

春风寒,冬雪残。野菜解人意,深知时境艰。堤边寻觅坡边采,合家喜作盘中餐。

秋风清 · 童年捡麦穗

长衫穿,筐背肩。乐见麦芒采,专寻金穗拈。东瞧西望田头找,捡来喜作盘中馒。

秋风清·咏葵花

心向日,面团圞。青稠缠玉柱,黄缎裹金盘。秋风吹乱衣冠散,唯有清香留世间。

秋风清·残秋

西风来,归雁排。乱柳隐农舍,枯荷围钓台。残枝长叹花零落,冷蛩浅唱歌声哀。

临江仙·咏蜘蛛

满腹经纶藏乱世,奇谋尽蕴胸中。魔图经纬巧盘空。神机羞马谡,霸气胜关公。

亲自阵前排八卦,不计春夏秋冬。丝丝妙算锁苍龙。纵观天下事,结网显神通。

临江仙·秋暮

萧瑟西风飘败叶,清霜结满枝头。荷枯菊老众芳休。故乡难舍,塞燕又南游。

半百人生秋已暮,昂扬七尺何求?去年心事儿多愁。红炉煮酒,一醉又何羞?

临江仙·咏海棠花

翠叶笼荫春已半,妖娇小蕾开迟。雨凝雪降自芳菲。猩红数点,竞笑喜盈枝。

桃李先将春色占,素妆淡抹胭脂。心牵锦帐几重围。一番风雨,片片落红飞。

临江仙·春归

鸿雁北归传暖信,春风染绿神州。山清水秀白云悠。坡堤田垄,几处嫩芽抽。

未等蝶闻蜂已嗅,花开花落难留。韶华将逝雪盈头。寄情诗酒,也自说风流?

临江仙·冬雪

长夜冷风追玉马,驰行万里无痕。清凉世界素纱新。鹅毛翻滚,曼舞俏飞身。

匆去匆来如剑客,清瘟通气消尘。琼花无意也争春。终将化水,润土育花魂。

水调歌头·华厦万和堂

漫道梦中阁,世有万和堂。玉阶丹壁追古,质朴见堂皇。曲水平桥迎客,修竹幽兰邀友,"和"字满栊墙。恍入山荫路,鸟语唱花香。

地源热,零能耗,太阳房。中庭高阔,宽敞佳气绕环廊。屋内四时青翠,廊上三冬绿胃,玉石壁龛藏。藻井银河灿,洒地是星光。

福地有芳华伫立一任楼画眄何意挥洒朱墨骤深秋四壁疏霞司彩挂擎天撑日登楼月偕遊壮气融合古雅趣汇中欧风志举云动燦白云悠然观天际无尽高阁砚中添远览兼园摩宇逞望津门广厦远水驻轻鸥自古今燕画更胜巧雕鎪

刘存发先生词水调歌头 华厦红砖楼 戊戌夏 郝军

水调歌头·华厦红砖楼

福地有芳草，伫立一红楼。画师何意，挥洒朱墨染深秋。四壁流霞幻影，彩柱擎天捧日，登塔月宫游。壮气融今古，雅趣汇中欧。

风正举，霞初灿，白云悠。纵观天际，千尺高阁砥中流。近览华园群宇，遥望津门广厦，远水驻轻鸥。自古天然画，更胜巧雕镂。

旧友会华厦 野趣情观窣林曲涉小桥 流水泛金涟 窗下竹篁弄影 壁上凌霄绽笑 草木葳蕤疑似汉时 瓦下砌秦砖 清风起黄莺舞 白云旋 飞流直下跳珠三叠 玉虹悬碧 石嶙峋错落 花簇芳馨映衬高阁绣廊 环境似桃源 客笑语绿丛间

刘存发水调歌头华厦红砖坊 戊戌夏月瑞峰书

水调歌头·华厦红砖坊

旧友会华厦,野趣纵情观。穿林曲岸,小桥流水泛金涟。窗下烟篁弄影,壁上凌霄绽笑,草木万枝蕃。疑似汉时瓦,瓦下砌秦砖。

清风起,黄莺舞,白云旋。飞流直下,跳珠三叠玉虹悬。翠石嶙岣错落,花簇芳馨映衬,高阁绣廊环。恍似桃源客,笑语绿丛间。

水调歌头·中秋节

月满九霄净,云淡五更幽。今宵仙境凡间,同乐庆中秋。偷药求来寂冷,伐桂难辞孤苦,久做广寒囚。玉兔欲相问,此恨几时休。

映松姿,掩竹影,照琼楼。清风万里,穿云飞向碧空游。笑看黄花吐艳,更喜红枫漫舞,古调唱风流。把酒向苍宇,不醉又何求。

后记　放声，为自己歌唱

人生，犹如一首歌，抑扬平仄，岁月蹉跎；其实，人生更像古诗词，含蓄委婉，不离《风》《骚》，字里行间驻留着作者的思想，折射着一个时代的兴观群怨。

自己出生城市、长在农庄，人生最大的梦就是一心想做一个优秀的建筑师，因此，像赌命一样把毕生精力全部投注在了建筑创作和经营上，应该说是风生水起、小有收获。偶有雅兴，也填几句诗词，在同道好友的鼓励下，精挑细选，时有拙作在《天津日报》等主流媒体亮相，零零点点，闪若星光。

至于做诗人、出诗集，对于我来说只是一个梦，从来没有过这种奢求。有道是人生无常却有偿。在我的词集出版之际，提及这个词句让我感到无比地贴心恰切。其实，正是自己人生的一次苦旅，让我完全地体验到了那种内心的苦闷与压抑，一个铁骨的汉子，在无奈和寂寞中慢慢地学会改变。当自己面对命运的囚笼，是诗词温润着我的心性，启发了我的灵感和智慧，使我大彻大悟，从中明白万物自然、百草临风的处事哲理。

这次怦然的觉醒，让我更加爱上了诗词，数千年的中华文化给了我受之不尽的精神营养，我如饥似渴地学习，坚持不懈地创作，

找到了人生的品位,懂得了时光的珍贵。在寒光如水的日子里,自己真正地静下心来,寄情于诗词,把不能与亲人团聚的苦恼,把童年的欢乐,把尘封半生的故事,把春夏秋冬花开花落的启迪,把自己用心血设计的那些高楼大厦,像工匠砌砖,一丁一横工工整整地写进了词里,虽没有惊天地、泣鬼神的大气磅礴,但情感的真挚、言语的诚朴,随我秉性,应该说这里收集的每一篇作品都像自己的儿女一样,是自己亲生亲养的心爱。

"昨夜雨声未断,搅得梦丝缭乱。睡眼瞥东窗,一缕阳光忽现。金灿,金灿,定是雨停云散。"这不是随感而发,这是我人生的一种境遇、一分感慨、一个希望。虽然词句稚嫩、平淡无奇,却足以让我在人生的泥淖中摆脱烦心困扰,以饱满的精神和坚定的自信,迎着新曙光,朝着美好的未来,守正笃行,一路欢歌,用满满的正能量唱出人生的别样精彩……

适值自己56岁生日,在师友的鼓励下,决定把苦旅中收获的些许词作精心梳理,择其尚可观者三百首,以《渔歌子·冬雪》中一句"寒梅自吐一枝花"为书名,结集付梓,捧献诸君,接受大家的检验。

在此,衷心感谢我的家人,在我迷茫时,是他们用亲情的温暖鼓励、支持着我平安度过那段难熬的时光。感谢冯晓光老师用热情和心血为入集词句逐字校审、斧正；感谢中国楹联协会蒋有泉会长慷慨赐序；感谢原天津市书法家协会主席唐云来老师题写书名；感谢中国书法家协会副主席张建会老师、原天津市书法家协会副主席况瑞峰老师、天津市美术家协会副主席尹沧海老师等30位津门书法大家献上墨宝；也感谢我的同事及出版社编辑的辛勤付出。由于本人才疏笔拙，词中多误，还望诗友、读者指正。

刘存发

2019年3月22日

于天津华厦建筑设计有限公司

声 明

因书法作品题写在前,后作者在各位老师的建议下对原词作的个别文字作了适当修改,所以,现在书中看到的有书法作品与印刷体不同之处。

图书在版编目（CIP）数据

寒梅自吐一枝花：词三百首 / 刘存发著. -- 太原：山西人民出版社，2019.9
ISBN 978-7-203-11005-7

Ⅰ. ①寒… Ⅱ. ①刘… Ⅲ. ①词（文学）—作品集—中国—当代 Ⅳ. ①I227.8

中国版本图书馆CIP数据核字(2019)第187543号

寒梅自吐一枝花：词三百首

著　　者：	刘存发
责任编辑：	高　雷
复　　审：	武　静
终　　审：	秦继华
装帧设计：	张瑾宜
出 版 者：	山西出版传媒集团·山西人民出版社
地　　址：	太原市建设南路21号
邮　　编：	030012
发行营销：	0351-4922220　4955996　4956039　4922127（传真）
天猫官网：	http://sxrmcbs.tmall.com　电话：0351-4922159
E-mail：	sxskcb@163.com　发行部
	sxskcb@126.com　总编室
网　　址：	www.sxskcb.com
经 销 者：	山西出版传媒集团·山西人民出版社
承 印 厂：	山西基因包装印刷科技股份有限公司
开　　本：	787mm × 1092mm　1/32
印　　张：	7.125
字　　数：	130千字
印　　数：	1—3000册
版　　次：	2019年9月　第1版
印　　次：	2019年9月　第1次印刷
书　　号：	ISBN 978-7-203-11005-7
定　　价：	39.00元

如有印装质量问题请与本社联系调换